© privat

Usch Luhn wurde 1959 in der Steiermark geboren, studierte Kommunikationswissenschaften und ist seit vielen Jahren als Autorin und Dramaturgin für Drehbücher tätig. Sie lebt mit ihrer Tochter in Berlin.

Unsere Adresse im Internet: www.fischergeneration.de

Usch Luhn

Komm mir nicht mit Liebe

Fischer Taschenbuch Verlag

generation
Herausgegeben von Eva Kutter

*Für meine Tochter Anna, die diesem Buch
mit ihrem Scharfsinn den letzten Schliff
gegeben hat*

Dank an Elke und Sarah für Kartoffelbrei und Liebe

Veröffentlicht im Fischer Taschenbuch Verlag,
einem Unternehmen der S. Fischer Verlag GmbH,
Frankfurt am Main, Juni 2006

Lizenzausgabe mit freundlicher Genehmigung
des Verlags Carl Ueberreuter, Wien

Druck und Bindung: Clausen & Bosse, Leck
Printed in Germany
ISBN-13: 978-3-596-80628-7
ISBN-10: 3-596-80628-3

Nach den Regeln der neuen Rechtschreibung

LiebestaumelLiebeskummerLiebes
wunderLiebesmahlLiebesleidLiebes
nachtLiebesglückLiebeskunstLiebes
romanzeLiebesgefühleLiebesleid
LiebesfrustLiebeslied
LiebesgedichtLiebesspielLiebesleben
LiebesromanLiebesschwurLiebes
orakelLiebesdrama
LiebeslustLiebesgeschichteLiebes
gottLiebesqualLiebeswahnLiebes
suchtLiebespfeilLiebesbeweisLiebes
geständnisLiebesnest
LiebesapfelLiebesbriefLiebesdienst
LiebestrankLiebeszauberLiebes
szeneLiebeswirrenLiebestaumel
LiebeskummerLiebeswunder
LiebesmahlLiebesleidLiebesnacht
LiebesglückLiebeskunst
LiebesgefühleLiebesleid
LiebesfrustLiebesliedLiebesgedicht
LiebesspielLiebeslebenLiebesroman
LiebesschwurLiebesorakelLiebes
dramaLiebespaarLiebeslustLiebes
geschichteLiebesgott
LiebeswahnLiebespfeil
LiebesbeweisLiebesgeständnis
LiebesnestLiebesapfelLiebesbrief
LiebesdienstLiebestrank

1

Shiva rennt.

Die zwei kläffenden Bestien mit hechelnden Zungen dicht hinter ihr.

Die Jahrmarktsbesucher kreischen hysterisch und springen zur Seite, als die massigen Kampfmaschinen an ihnen vorbeidrängen.

In ihrer Verzweiflung schlägt Shiva Haken wie ein Hase auf der Flucht. Ehrlich! Ich habe nicht gewusst, dass Dackel so schnell laufen können.

Es ist schönes Wetter heute. Jeder, der irgendwie Zeit hat, ist im Berliner Spreepark unterwegs. Musik dudelt aus allen Richtungen, in der Luft wabert Grillwürstchenduft. Entspannte Stimmung.

Nur Shiva rennt auf stummeligen Beinchen um ihr Leben.

Und weil ich bescheuerterweise vierzig Meter über dem Erdboden in einer Riesenrad-Gondel herumschaukle, muss ich hilflos zusehen, wie sich dieses geifernde Muskel-Doppelpack Shiva stetig nähert.

Shiva ist mein Hund, seit ich sie vor haargenau einem Jahr aus dem Altpapiercontainer vor unserer Schule gerettet habe.

Ich vernahm ihr Wimmern, gerade als ich überlegte, ob ich mein vergeigtes Zeugnis auf Nimmerwiedersehen im Müll versenken sollte. Ein pechschwarzes Hundebaby mit einem kreisrunden weißen Fleck mitten auf der Stirn saß da oben auf dem Papierberg und nuckelte hungrig an meinem Zeigefinger, als ich die Hand hineinstreckte.

Ich hob den Hund vorsichtig heraus, und obwohl es sich um einen kleinen faltigen Welpen handelte, konnte ich jeden einzelnen Knochen fühlen, so mager war er.

Weil ich sonst nichts Essbares in meiner Schultasche fand, hielt ich ihm einen winzigen Rest Bifi vor die Schnauze. Der Welpe quiekte wie ein Schwein und pinkelte voller Freude auf mein Zeugnis, bevor er das Stück mit einem Haps verschlang. Richtige Zähne hatte er nämlich noch gar nicht.

In dieser Sekunde wurden wir Freunde fürs Leben.

Ich gab ihm den Namen Shiva, wegen diesem ulkigen weißen Punkt über seinen braunen Kulleraugen.

Ich selbst bin ja mittlerweile Vegetarierin, aber Shiva hat sich ihre verhängnisvolle Schwäche für Würstchen seit unserer ersten Begegnung erhalten.

Der Einäugige vom Würstchenstand, der die Pitbulls von der Leine gelassen hat, die meine Shiva jagen, schaut seinen Haustieren gelassen nach. So ein Arsch!

Dabei war die gammelige Rostbratwurst, die sich Shiva mit ihrer Pfote vom Grill geangelt hat, sowieso schon auf die Kohlen gerutscht; das habe ich aus meiner Gondel haargenau beobachtet.

Zum Glück ist Shiva wie ich. Sie gibt nicht so schnell auf.

Soeben erreicht sie die Geisterbahn.

Ein glutroter Drache auf vier Rädern kurvt an Shiva vorbei und verliert abbremsend an Geschwindigkeit.

In dem Wagen sitzen zufällig meine beste Freundin Aylin und Mariusz, innig miteinander knutschend.

Ruckartig bleibt mein kleiner dummer Dackel vor dem Drachenauto stehen und wedelt erfreut mit seinem Schwanz.

Wie so häufig kriegen diese verliebten Turteltäubchen leider nichts von den wirklich wichtigen Dingen mit, die um sie herum passieren. Denn natürlich holen die Kampfhunde Shivas Vorsprung ruck, zuck auf.

Der flinkere der beiden Pitbulls ergreift seine Chance. Er streckt Shiva mit einer Pranke nieder, als sei sie eine winzige Maus. Shiva heult laut los und wälzt sich vor Schmerzen und um sich zu ergeben auf den Rücken. Das zweite Vieh setzt unmittelbar dahinter mit aufgerissenem Maul zum Sprung an …

»SHIVA!« –

Ich springe in meiner Gondel auf, rüttle wie ein Affe im Zoo an den Gitterstäben und schreie mir fast die Seele aus dem Leibe. Dabei kann ich gar nicht mehr genau erkennen, was dort unten mit meinem Hund passiert. Sturzbäche von Tränen laufen aus meinen Augen. Als ob jemand oben in meinem Kopf eine Dusche aufgedreht hätte.

Ich höre Aylin sirenenartig kreischen.

Zu spät.

Durch den dichten Tränennebel schiebt sich ein roter Fleck in mein Bewusstsein. Ich reibe mir mit dem Handrücken hastig die Augen frei.

Shiva liegt regungslos am Boden. Überall um sie herum Blut.

Mir wird kotzübel.

Aus dem schwarzen Geisterbahntunnel löst sich ein schlankes Skelett in einem phosphoreszierenden Ganzkörper-Anzug. Das Skelett verpasst den Pitbulls einen gezielten Faustschlag zwischen die Augen, schnappt sich Shiva, springt auf einen vorbeirollenden Wagen und verschwindet mit meinem Hund in den Tiefen der Geisterbahn.

Endlich setzt sich das beknackte Riesenrad in Bewegung.

Ich löse den Riegel, noch bevor die Gondel den Boden erreicht hat, springe mit einem Satz aus meinem schwebenden Käfig. Dabei verstauche ich mir auch noch meinen linken Knöchel. Trotzdem bin ich in Sekundenschnelle an der Geisterbahn und rase blindlings auf den Schienen hinein in den Tunnel.

Zum Glück kenne ich mich dort perfekt aus.

Schon immer gehörten Rummelplätze zu meinen Lieblingsorten und in den letzten Ferien hatte ich hier in der Geisterbahn einen Job als Gespenst. Auf Dauer fand ich es aber komplett öde, bei strahlendem Sonnenschein mit einem albernen weißen Laken über dem Kopf in den stickigen Gängen herumzuhängen und auf einer Orgel langweilige Geisterklänge zu intonieren. Viel lieber wäre ich als Skelett auf die Wagen aufgesprungen und hätte die knutschenden Pärchen mit Spinnweben oder abwaschbaren Blutflecken erschreckt. Aber aus unerfindlichen Gründen durften die Skelettrolle immer nur Jungs übernehmen.

Im Herzen der Geisterbahn befindet sich ein winziger Aufenthaltsraum. Dort können sich die »Darsteller« umziehen.

Die Holztür ist halb angelehnt. Dahinter gibt eine grüne Glühbirne spärliches Licht. Zuerst sehe ich nur einen leuchtenden Skelettrücken. Dann erkenne ich ein blutiges Fellhäufchen.

Ich stoße die Tür auf und stürme hinein.

Shiva liegt zusammengekrümmt auf einem Stuhl, ihr linkes Ohr klebt halb zerfetzt im Fell. Das Skelett desinfiziert mit einer Flasche Wodka und einem Lappen Shivas klaffende Wunden.

Mir wird gleich wieder schlecht. Verzweifelt sinke ich vor Shiva auf die kalten Holzplanken. Die pochenden Schmerzen in meinem Knöchel geben mir den Rest.

»Shiva«, schluchze ich los. Mehr geht nicht mehr.

»Sieht wirklich schlimmer aus, Penny, als es ist …«, dreht sich das Skelett beruhigend zu mir um und nimmt gleichzeitig seine Kopfbedeckung ab.

Auch das noch!

Mit Niko hatte ich zuletzt gerechnet.

Eigentlich kennen Niko und ich uns so gut wie überhaupt nicht. Aber seit er auf Mariusz' Geburtstagsfete versucht hat mich regelrecht überfallartig zu küssen, gehe ich ihm, wann immer es möglich ist, aus dem Weg. Denn, tut mir Leid, mit solchen schrägen Typen wie Niko will ich lieber nichts zu tun haben.

Der Ärmel meines nagelneuen Shirts war bis runter zum Ellbogen aufgerissen, und das nur, weil Niko mich nicht loslassen wollte.

Ich habe selbstverständlich ein Riesentheater gemacht und ihm eine fette Ohrfeige verpasst. Ich bin mir sicher, man hat mein Gebrüll bis zum Funkturm gehört!

Mariusz hat Niko allen Ernstes in Schutz genommen.

Er behauptete, weil Niko nicht einmal seine eigenen Eltern kenne, benähme er sich eben ab und zu *seltsam.* Nie hatte er ein richtiges Zuhause gehabt. Und immer schon war er mit irgendwelchen Pflegeeltern von einem Rummelplatz zum nächsten gezogen. Eine Zeit lang sollen ihn diese Leute sogar als Taschendieb ausgenutzt haben.

Ist das nicht der Hammer?

Mittlerweile schlägt sich Niko ganz allein durch und hält sich mit den unterschiedlichsten Gelegenheitsjobs über Wasser. Als Losverkäufer oder Karussellaufbauer oder was eben sonst so anliegt im Berliner Spreepark. Es scheint mir auf den ersten Blick, dass er sein Leben ziemlich gut geregelt kriegt.

Auch ohne Eltern.

Mariusz meint, Niko hätte nie gelernt, seine Gefühle auszusprechen, weil ihn als kleines Kind keiner geliebt hätte. Dafür müsse man Verständnis zeigen.

Das finde ich ziemlich überzogen.

Niko kommt doch nicht vom Mond.

Ein Mädchen gegen seinen Willen zu küssen finde ich jedenfalls mehr als *seltsam.*

Bei mir zu Hause herrscht auch ständig dicke Luft. Und manchmal, wenn ich mich besonders traurig fühle, bin ich sicher, dass niemand mich leiden kann.

Trotzdem knutsche ich nicht wahllos jeden süßen Typen ab, den ich in der U-Bahn sehe.

Nee, so läuft das doch nicht.

Dass also ausgerechnet Niko meinem Hund das Leben gerettet hat, finde ich jetzt höchst peinlich.

»Hey«, sage ich angestrengt, »siehst täuschend echt aus als Skelett …«, und dann wird mir plötzlich schwindlig.

Bevor ich endgültig aus den Latschen kippe, bekomme ich gerade noch mit, wie Shiva mühsam ihre Augenlider öffnet und mich freudig ankläfft.

2

Als ich wieder einigermaßen stehen kann, humple ich mit Niko hinüber zu Natascha. Er trägt Shiva so behutsam wie ein rohes Ei.

Beinahe rührend.

Ich spucke angewidert auf den Erdboden, um den Alkoholgeschmack loszuwerden. Niko hat mir tatsächlich die Flasche Wodka an den Mund gesetzt, als ich ohnmächtig wurde.

Das Liebespaar des Jahrtausends, Aylin und Mariusz, tauchen endlich auch noch auf. Sie erzählen aufgeregt, dass der Chef der Geisterbahn über Handy die Polizei gerufen hat und die Pitbulls ins Tierheim abtransportiert wurden. Der Würstchenbuden-Mann muss zusätzlich mit einer fetten Anzeige rechnen, weil seine Kampfhunde ohne Maulkorb unterwegs waren.

Das geschieht ihm recht.

Ich kann gar nicht mehr weiterlaufen, so tut mein

Fuß weh. Die beiden müssen mich stützen, weil der Knöchel mittlerweile enorm dick angeschwollen ist. Aylin streichelt dabei die ganze Zeit Shivas heiße Nase.

Natascha ist die Wahrsagerin im Spreepark und bewohnt dort ein richtig kitschiges Knusperhäuschen, in dem sie ihren Klienten stimmungsvoll die Karten legt.

Sie sieht haargenau so aus, wie eine echte Wahrsagerin aussehen muss. Schöne lockige Haare, rot gesträhnt, mit einem Schönheitsfleck über der Lippe (bestimmt bloß aufgepinselt) und trägt meist bodenlange Kleider aus bunter indischer Seide.

Aylin hat mir unter dem Siegel der Verschwiegenheit erzählt, dass Niko und Natascha seit kurzem ein Paar sind!

Glaube ich nicht.

Niko ist doch viel jünger.

Natascha verkauft ihren Kunden außerdem selbst gebraute Heilwässerchen und Salben und ist im ganzen Kiez beliebt. Vor allem aber war sie früher Krankenschwester und liebt Tiere.

Das merkt Shiva sofort.

Sie winselt vertrauensvoll, als Natascha ihr einen professionellen Verband um Kopf und Körper wickelt.

So eingepackt sieht Shiva irgendwie echt witzig aus und ich fange schlagartig an zu kichern.

Ich kann gar nicht mehr damit aufhören und lache mich halb schlapp, dann schießen mir plötzlich richtige Tränen in die Augen. Zuletzt flenne ich so heftig, als ginge die Welt unter, obwohl doch eigentlich alles noch einmal gut ausgegangen ist.

Aylin stimmt solidarisch schluchzend mit ein.

Wie immer ist Mariusz zur Stelle und drückt uns wie zwei heulende Kleinkinder an sich, streichelt beruhigend unsere Köpfe. Wir rotzen sein T-Shirt pitschnass.

»Klarer Fall von Nervenzusammenbruch«, diagnostiziert Natascha mitleidig. Sie rührt einen dunkelbraunen, dickflüssigen Brei an, den sie uns einflößt. Schmeckt wie eine Mischung aus Malzbonbon mit Chilisauce. Das Zeug bleibt mir eklig in der Kehle kleben, als ich schlucke, und ich huste mich beinahe zu Tode.

Der Einzige, der in dem ganzen Durcheinander komplett cool bleibt, ist Niko in seinem Skelett-Kostüm. Er assistiert Natascha, als ob er das schon oft gemacht hätte, und benimmt sich mir gegenüber entspannter als vermutet.

Na, ein Glück!

Plötzlich finde ich es sogar schade, dass wir nach unserem Kuss-Unfall kein einziges Wort mehr miteinander gewechselt haben.

Aber er hätte sich ja wenigstens mal entschuldigen können!

Vorhin in der Geisterbahn hat er zum ersten Mal wieder mit mir gesprochen. Normalerweise starrt er mich nämlich nur wortlos an, wenn wir uns mal begegnen.

Das mag ich nicht.

Dabei finde ich Nikos dunkelbraune Augen richtig schön.

»Was für ein Gebräu hast du uns da überhaupt gegeben?«, frage ich Natascha, als ich das Gefühl habe, wieder einigermaßen sprechen zu können.

Meine Stimme kickst zwar noch unsicher über, als ob

ich einen Schwips hätte; trotzdem habe ich das dringende Bedürfnis, zu demonstrieren, dass ich wieder normal bin.

Ich linse unauffällig auf das Etikett und sehe, dass auf der Flasche ein widerlicher Schlangenkopf aufgemalt ist.

»Ganz und gar harmlose Kräuter«, versichert Natascha. »Ein Stärkungsmittel, sogar für Babys geeignet.«

Wie zum Beweis lässt sie Niko den Löffel abschlecken und streicht ihm dabei liebevoll durchs Haar.

Das ist ja höchst interessant.

Ob vielleicht doch etwas dran ist an dem Gerücht mit den beiden? Das fände ich ziemlich schockierend. Natascha ist sicher über fünfundzwanzig.

Gegen meinen Willen starre ich neugierig zu den beiden hinüber. Niko fängt meinen Blick auf und lächelt mich belustigt an.

Blödmann!

3

Was Niko jetzt wohl von mir denkt, grüble ich schon wieder, während ich mit der schlafenden Shiva in Nataschas Picknickkorb nach Hause humple. Wirklich bescheuert, dass meine Gedanken ständig um diesen Typen kreisen.

Ich konnte Aylin gerade noch daran hindern, Niko

aufzufordern mich wie ein Kleinkind nach Hause zu bringen. Shiva und ich kommen prima alleine klar.

Die Haut auf meinem Knöchel brennt höllisch.

Natascha hatte Shiva noch ein fiebersenkendes Schmerzmittel für die Nacht gegeben und mir eine stinkende Salbe auf meinen Fuß geschmiert.

Vermutlich mit jeder Menge Schlangengift drin.

»Bilde dir bloß nichts darauf ein, dass du meinem Hund das Leben retten durftest Niko!«, rufe ich unwillkürlich einer Straßenlaterne zu, die gerade aufflackert.

Shiva schreckt verstört hoch.

Entschuldigend stecke ich meine Hand in den Korb. Shiva beginnt automatisch an meinen Fingern zu saugen, wie früher. Sofort schießen mir wieder die Tränen in die Augen.

Ich finde mich ja selber scheiße.

Warum kann ich Niko nicht einfach dankbar sein?

Irgendwie bin ich ganz durcheinander. Bestimmt hängt das alles mit der grauenhaften Angst zusammen, die ich um Shiva ausgestanden habe. Ich will gar nicht zu Ende denken, was passiert wäre, wenn Niko *nicht* eingegriffen hätte.

»Soll ich nicht lieber deine Mutter anrufen?«, hatte Natascha besorgt gefragt, als ich plötzlich von oben bis unten anfing zu zittern. Das passiert mir in der letzten Zeit ständig und ich kann nichts dagegen tun.

»Auf gar keinen Fall!«, rief Aylin an meiner Stelle. »Pennys Mutter ist momentan nämlich gar nicht gut auf sie zu sprechen …« –

Wie wahr!

Bei uns zu Hause herrscht extrem dicke Luft.

Aylin ist meine allerbeste Freundin, sie weiß alles über mich. Wir kennen uns schon seit dem Kindergarten. Damals wohnten meine Eltern noch zusammen und Papa gehörte ein griechisches Restaurant.

Leider musste Papa das Restaurant dichtmachen. Und Mama konnte nicht mehr weiterstudieren, weil wir einen Riesenberg Schulden hatten. Damit begann der ganze Schlamassel bei uns zu Hause. Papa jobbte in einer Pizzafabrik und Mama arbeitete sogar an den Wochenenden in der Autovermietung um die Ecke.

Sie stritten sich fast ständig!

Papa ging die Fließbandarbeit auf den Geist und Mama wollte lieber italienische Vokabeln lernen als langweilige Buchhaltung machen. Ich blieb immer häufiger über Nacht bei Aylins Großfamilie. Die hatten ihre Bude zwar voller schreiender Babys, aber irgendwie fand ich es in dem Chaos saugemütlich.

Schließlich reichte es meinem Vater mit Pizzabelegen und er bewarb sich auf eine Stelle als Schiffskoch. Das klappte sofort, denn mein Vater kann wirklich klasse kochen.

Leider ist er seitdem fast das ganze Jahr unterwegs!

In den ersten Jahren sind Mama und ich ihm in den Ferien überall hinterhergereist. Einmal sogar bis nach Australien. Während Mama dort eine Freundin in Sydney besuchte, machte ich mit Papa Abenteuerurlaub bei den Kängurus.

Das waren die tollsten Wochen in meinem Leben!

Unmerklich wurden unsere Reisen zu Papa immer kürzer, die Abstände dazwischen immer länger.

Kein Geld, sagte Mama.

Zu viel Arbeit, wich Papa aus.

Mittlerweile haben meine Eltern überhaupt keinen Kontakt mehr.

Das ist doch nicht in Ordnung!

Am gemeinsten finde ich, dass keiner von beiden auf die Idee kommt, zu fragen, wie ich mich dabei fühle.

Mama wirft mir bloß vor, dass ich den ganzen Tag mit so einem miesepetrigen Gesicht herumlaufe. Sie klagt, dass sie richtig schlechte Laune kriegt, wenn sie mich nur anschaut.

Das kann ja sein. Aber mein Problem ist das nicht. Denn jedes Mal wenn ich mit ihr über Papa sprechen will, reagiert sie selber völlig überzogen. Meist vertieft sie sich gereizt in eine unwichtige Zeitschrift oder dreht ihren Italienischsprachkurs auf volle Lautstärke.

Dann schnappe ich mir Shiva und jogge unter Volldampf um den Schlachtensee, bis ich beinahe umfalle.

Versteht Mama denn gar nichts?

Ich bin überhaupt nicht muffig, sondern viel schlimmer: Ich bin *traurig*. Will sie mir etwa verbieten meinen Vater zu vermissen?

Das Einzige, was ich seit über einem Jahr von ihm zu sehen gekriegt habe, sind schließlich ein Schuhkarton bunter Postkarten.

Unterdessen hat sich Walter in Mamas Leben gedrängt.

Seit Wochen geht dieser Typ ganz selbstverständlich bei uns ein und aus.

Beschissen finde ich das!

Ich glaube, nur deshalb kam ich auf diese blöde Idee

mit Mamas Krankheit. Ich finde ja mittlerweile selber, dass ich da keine Glanzleistung abgeliefert habe. Trotzdem hat es überhaupt nichts mit meiner »schwierigen Pubertät« (O-Ton Walter) zu tun.

Ich war einfach in einem echten Ausnahmezustand.

Und das hat sehr wohl etwas mit Mama und Papa und Walter zu tun.

Weil ich aus Kummer bereits die zweite Mathearbeit vergeigt hatte, erzählte ich unserer Klassenlehrerin Frau Merz also, dass meine Mutter unerwartet ins Krankenhaus gebracht worden sei und ich sie stundenweise in der Autovermietung vertreten müsse, damit sie ihre Arbeit behält.

Auf diese absurde Idee war ich nur verfallen, weil ich zufällig gerade eine Freikarte für *Pünktchen und Anton* gewonnen hatte (eigentlich bin ich ja aus dem Kinderfilm-Alter raus).

Ich fand es einfach genial, dass dieser Anton für seine kranke Mutter weiterjobbte.

Frau Merz war so gerührt über mein Verantwortungsbewusstsein, dass sie mich für den Rest der Woche von allen Hausaufgaben befreite.

Mit so viel Großzügigkeit hatte ich gar nicht gerechnet.

Während also meine Mitschüler heftig schufteten, machte ich es mir mit Shiva draußen im Grünen richtig gemütlich, denn während meiner Schulstunden bekam Shiva ohnehin viel zu wenig Auslauf.

Es waren die ersten richtig sonnigen Tage.

Ich kaufte Shiva in der Waldschänke Bockwürste und wir sprinteten am Ufer des Schlachtensees um die

Wette. Ich war so gut gelaunt wie schon lange nicht mehr.

Da Mama gerade in ihrem Frischverliebten-Himmel schwebte, kriegte sie überhaupt nichts von meinen Ausflügen mit.

Leider wurden meine Leistungen in den nächsten Klausuren noch schlechter und so war ich praktisch gezwungen, Mamas virtuellen Krankheitszustand immer dramatischer auszumalen. Weil mir meine eigene Story allmählich über den Kopf zu wachsen begann, sah auch ich täglich blasser aus.

Schließlich schleppte mich die besorgte Frau Merz ohne Vorwarnung zu unserem Schularzt und kaufte auf dem Weg dahin in ihrem Lieblingsblumenladen einen riesigen bunten Frühlingsstrauß, den sie meiner Mutter *höchstpersönlich* im Krankenhaus vorbeibringen wollte.

Ich geriet in totale Panik.

Nur so kann ich mir mein Blackout im Nachhinein erklären.

Ich weiß noch, dass ich am ganzen Körper zu zittern begann und mir schwarz vor Augen wurde und dass ich gegen eine riesige Glasvase mit Tulpen taumelte. An das, was weiter passiert ist, kann ich mich nicht mehr erinnern.

Natürlich glaubt mir das kein Mensch.

Aber es ist wahr!

Weder erinnere ich mich, dass ich zu Frau Merz gesagt haben soll, meine Mutter sei in der Nacht gestorben (ich versinke im Boden vor Scham), noch, dass Frau Merz über Handy in der Schule anrief und unsere

Sozialpädagogin, Frau Brühl, mit einem Taxi ins Krankenhaus raste.

Jedenfalls flogen meine Lügen schlagartig auf und ich kriegte einen Tadel. Den Schulverweis konnte Mama mithilfe von Frau Merz zwar verhindern. Allerdings legte der Direktor Mama nahe, mich nach den Sommerferien besser in einer anderen Schule anzumelden.

Das alles war ein riesiger Schock für mich. Schließlich kriege ich sonst schon beim Abschreiben Bauchschmerzen. Ich weiß immer noch nicht, was da in mich gefahren ist.

Wenn ich ehrlich bin, kann ich den Standpunkt des Direktors sogar verstehen. Besonders wegen Frau Merz hatte ich ein paar schlaflose Nächte. Ich mag sie nämlich echt gerne.

Aylin hat gehört, dass sie im Lehrerzimmer sogar geweint haben soll aus Enttäuschung über mich.

Es tut mir so Leid! Ich will ihr schon die ganze Zeit einen Brief schicken, aber ich schaffe es nicht.

Was soll ich denn darin schreiben?

Auf einen Schulwechsel habe ich überhaupt keine Lust mehr. So eine Geschichte spricht sich doch rasend schnell herum. Da habe ich auf der neuen Schule sowieso keine Chance. Gott sei Dank habe ich wenigstens meine mittlere Reife in der Tasche. Natürlich mit grottenschlechten Noten.

Am klügsten wird sein, möglichst schnell aus Berlin zu verschwinden und in Zukunft einfach mit Papa um die Welt zu ziehen. Shiva ist bestimmt ein prima Schiffshund.

Unterstützung von Mama ist dafür allerdings nicht zu erwarten. Für sie ist trotz allem klar, dass ich bei ihr in Berlin bleibe.

Warum eigentlich?

Ich störe sie und Walter doch nur. Das zeigen die beiden mir jeden Tag deutlich.

Momentan fährt Papa gerade wieder seine Tour nach Australien, wie gerade auf einer seiner Postkarten stand.

Mir blutet das Herz bei diesem Gedanken.

4

So leise wie möglich schließe ich unsere Wohnungstür auf.

Im Flur ist schon wieder die Glühbirne kaputt.

»Negative Schwingungen« nennt Walter so etwas. Ist das affig! Mein alter Physiklehrer würde vor lauter Lachen herumkugeln. Aber meine Mutter hört solche Bemerkungen gerne. Sie findet, Walter ist *sensibel*.

Heute ist es mir ausnahmsweise ganz recht, dass sich unser Flur nicht wohl fühlt. Vielleicht schaffe ich es, im Dunkeln in mein Zimmer zu gelangen, ohne dass mich jemand bemerkt.

Aus dem Wohnzimmer klingt sphärische Musik. Wahrscheinlich hat Walter wieder ein neues selbst gedrehtes Video aus seiner Männergruppe mitgebracht, das er Mama unbedingt vorführen will.

Visionssuche oder so.

Gerade als ich an der Tür vorbeischleiche, höre ich einen Sektkorken knallen. Meine Mutter kichert wie eine Zehnjährige.

Ich mache einen hastigen Schritt und stoße in der Dunkelheit mit meinem verletzten Knöchel gegen Walters Rucksack. Vor Schmerz werde ich fast ohnmächtig. Ich stöhne unterdrückt auf.

»Penny?« –

Scheiße. Meine Mutter hat immer dann Ohren wie ein Luchs, wenn es sie nichts angeht.

Walter öffnet mit Schwung die Tür und ich werfe unwillkürlich einen Blick hinein in das Idyll.

Auf dem Esstisch kann ich unser gutes Geschirr, zerknüllte Stoffservietten, halb abgebrannte Kerzen und Omas Silberbesteck erkennen. Im Hintergrund läuft der Fernseher; durch den Schwarzwald robbende Freaks in Urwaldstimmung, hab ich's doch geahnt.

Die festliche Tafel hat nur einen Schönheitsfehler: Bis auf ein paar Salatfetzen und jede Menge abgenagter Knochen ist bereits alles abgegrast.

Ich merke schlagartig, dass ich den ganzen Tag noch nichts Ordentliches gegessen habe. Mein Magen protestiert heftig gegen diesen Zustand. Sein forderndes Knurren übertönt sogar das Urwaldgeschrei.

»Penny, Schatz!«, wiederholt sich meine Mutter mit dieser bedürftigen Kinderstimme, die ich nicht leiden kann. So spricht sie immer nur, wenn Walter bei uns ist. »Wir waren sicher, du übernachtest heute bei Aylin!«

Walter nickt zustimmend.

Auf dieses kollektive *Wir* antworte ich aus Prinzip nicht.

Walter grinst anbiedernd und deutet auf Nataschas Korb.

»Na, warst du mit der ganzen Bande picknicken? Ihr Jugendlichen habt wirklich ein tolles Leben. Das könnten wir eigentlich auch mal machen, Gudrun, was meinst du? Leihst du uns dafür deinen Korb, Penny?«

Er zieht meine Mutter auf das Sofa und schiebt seine Hand auf das Knie meiner Mutter.

Meine Mutter legt ihre Hand auf seine Hand und blinzelt mich entschuldigend an. »Es gab ohnehin nur Kaninchenbraten. Den isst du doch gar nicht. Willst du dir eine Stulle mit Butter schmieren? Walter hat selbst gebackenes Brot mitgebracht ...«

Vielen Dank.

Bevor ich Walters Körnerstaub hinunterwürge, werde ich lieber magersüchtig.

Anstatt sich in unser Leben einzuschleimen, sollte er dringend einen Kochkurs machen.

Am besten in der Wüste.

Und weil ich plötzlich fuchsteufelswild werde, sage ich das laut und deutlich in die Runde. Endlich verschwindet das eingemeißelte Grinsen aus Walters Gesicht.

Sauertöpfisch beginnt er den Tisch abzuräumen.

»Penelope, du bist unmöglich!« –

Na also. Mama spricht wieder mit ihrer normalen Stimme.

Noch bevor sie richtig losmeckern kann, trete ich den Rückzug in mein Zimmer an.

Ich platziere Shivas Körbchen dicht neben meinem Bett. So kann ich sie am besten im Blick behalten. Komplett angezogen krieche ich unter die Bettdecke. Ich friere schon wieder so höllisch, dass ich richtig zittere.

»Penelope, du bist unmöglich …« klingt mir die aufgebrachte Stimme meiner Mutter immer noch in den Ohren.

»Und du, Mama, erst recht!«

Ach Scheiße.

Wieder einmal geht mir meine Restfamilie total auf den Senkel.

Ich heiße Penny und sonst gar nichts. Mein wirklicher Name, Penelope, den meine Eltern für mich ausgesucht haben, als sie noch ineinander verknallt waren, ist ein echter Brüllwitz.

Diese Liebesgeschichte zwischen Penelope und Odysseus aus dem alten Griechenland ist doch völlig idiotisch.

Man stelle sich vor: Sie verlieben sich unsterblich ineinander, heiraten sogar. Dann macht Odysseus sich sang- und klanglos aus dem Staub – er geht auf große Fahrt mit seinen Kollegen. Penelope bleibt selbstverständlich treu daheim.

Nachdem Odysseus erfolgreich in der weiten Welt herumgekämpft hat, beschließt er einfach, sich noch ein bisschen länger hier und dort umzugucken. Andere Männer, die Penelope auch scharf finden und deshalb sogar herumlügen, dass Odysseus tot sei, lässt sie ohne Zögern abblitzen.

Im Gegenteil – sie greift zu einer List und webt sinnlos an einem hässlichen Leichentuch herum, das sie nachts heimlich aufribbelt, damit sie ja nicht damit fertig wird.

Als schließlich ein ganz hartnäckig Verliebter ihren Trick aufdeckt, taucht Odysseus mir nichts, dir nichts wieder auf, metzelt alle Nebenbuhler nieder und lebt mit der lieben Penelope glücklich bis an ihr Lebensende.

Mal ehrlich!

Diese Geschichte kann nur ein völliger Bluff sein.

Ich weiß doch, was ich sehe.

Das fängt schon bei meinen eigenen *entliebten* Eltern an.

So wie bei Odysseus und Penelope läuft das nicht.

Für immer und ewig.

So ein Quatsch.

Die wahre Liebe gibt es in Wirklichkeit gar nicht.

Da verliebe ich mich doch besser gar nicht.

Weil meine Zehen immer noch so kalt wie Eiswürfel sind, hangle ich mir mit meinem Badmintonschläger das Winterfederbett vom Schrank herunter und wickle mich wie ein Eskimo ein.

In meinem Knöchel pocht es schmerzhaft, aber ich bin plötzlich so müde, dass mir alles egal ist.

Und während ich in einen kuscheligen Traum wegdöse, fällt mir plötzlich die ideale Lösung für Liebeskummer jeder Art ein.

Man müsste einfach einen *»Liebe? Nein danke!«*-Chip erfinden; den bekäme man bei Bedarf verpasst wie eine Grippeimpfung im Winter.

Damit wäre man den ganzen Liebesstress auf einen Schlag los.

5

Als ich heute Morgen aus dem Bett springen will, erlebe ich eine böse Überraschung: Mein linker Knöchel gleicht einem in allen Farben schillernden Elefantenfuß.

Shiva schlummert friedlich im Picknickkorb. Wenigstens bei ihr scheint Nataschas Medizin gewirkt zu haben.

Der Kopfverband ist halb verrutscht und sie sieht so verwegen aus wie Kapitän Cook persönlich.

Ich kraule ihr zärtlich den Rücken und sie brummt wohlig im Schlaf. Ich muss plötzlich tief aufseufzen vor Erleichterung. Wenn irgendjemand diesem süßen Hund etwas antun würde, ehrlich, ich könnte für nichts garantieren …

Mitleid heischend robbe ich auf Knien in die Küche, denn mein Bärenhunger ist nicht mehr zu verdrängen.

Meine Mutter löffelt mit Kopfschmerz-Blick ihr Frühstücksei, Walter schnieft ohne Unterlass in ein Stofftaschentuch.

Niemand beachtet mich oder fragt nach, warum ich nicht wie jeder zivilisierte Mensch auf zwei Beinen hereinspaziere.

Eigentlich wundere ich mich darüber nicht besonders.

Der Affe Walter hält diese Fortbewegungsart wahrscheinlich für normal und meine Mutter hat sich auch schon angepasst.

Ich hieve mich demonstrativ stöhnend auf einen Stuhl und schnappe Walter das letzte Stück Toast von seinem Teller.

»Na, Ärger mit Mama?«, frage ich in Anspielung auf seine geröteten Augen.

Walter murmelt einen unverständlichen Halbsatz in sein Taschentuch und niest ein Dutzend Mal.

Ich grinse schadenfroh.

»Willkommen im Klub«, sage ich und stoße fröhlich mein Messer in die Erdbeermarmelade.

»Halte bitte für einen Moment deinen frechen Mund, Penelope«, sagt Mama und trommelt gereizt mit dem Eierlöffel auf dem Tisch herum. »Walter hat offensichtlich eine Hundehaarallergie entwickelt, und damit ist wirklich nicht zu spaßen, siehst du ja.«

Ich falle aus allen Wolken!

Wenn der sensible Walter allergisch gegen Hundehaare ist, wird er sein Schlaflager in naher Zukunft wohl woanders aufschlagen müssen, denke ich erleichtert.

Manche Probleme lösen sich eben ganz von alleine.

Sicherheitshalber behalte ich meine Erkenntnis erst einmal für mich. Eine kleine Spitze kann ich mir aber nicht verkneifen.

»Hatte Papa eigentlich auch ständig irgendwelche Allergien?«, frage ich so unschuldig wie möglich.

»Sie wird tatsächlich mit jedem Tag schwieriger. Diese Posse mit der Schule war erst der Anfang, du hattest vollkommen Recht«, wendet sich Mama Walter zu, so als ob ich gar nicht dabeisäße. »Dein Angebot kommt gerade noch rechtzeitig.«

Walter lächelt geschmeichelt.

Angebot? Sofort klingeln bei mir sämtliche Alarmglocken.

»Um was für ein Angebot geht es?«, frage ich meine Mutter misstrauisch. »Ich brauche keine Nachhilfe oder so. Mit der Schule bin ich fertig, das haben wir doch seitdem tausendmal durchgekaut. Ich gehe arbeiten und dann ab durch die Mitte zu Papa …« Ich beschreibe mit meinen Armen großflächige Flugzeugbewegungen. »Tschüss Berlin!«

Die beiden sehen sich vielsagend an.

»Erkläre du es ihr«, sagt Mama und beginnt den Tisch abzuräumen, obwohl ich mit meinem Frühstück noch gar nicht fertig bin.

Sie kramt in der Schublade nach Aspirin. »Mir platzt gleich der Kopf.«

Walter setzt sein Supergrinsen auf und beginnt mit einer umständlichen Erklärung: »Gudrun und ich …«

»… meinst du damit *Mama?*«, unterbreche ich ihn störrisch.

»Also, wir …«

Noch schlimmer – Ich gähne schon mal prophylaktisch.

»*Wir* haben uns entschieden, so schnell wie möglich zusammenzuziehen, natürlich mit *dir,* damit du endlich wieder eine männliche Bezugsperson bekommst.

Denn in der Pubertät ist eine funktionierende Familie besonders wichtig. Anders gesagt …« Er lächelt zu meiner Mutter hinüber. »Ich möchte Gudrun unheimlich gerne in ihrem Erziehungsauftrag unterstützen. Das ist, wie du weißt, auch für mich eine ganz neue Herausforderung.«

»Schwachsinn!« Ich springe empört auf. »Spiel dich bloß nicht als mein Erzeuger auf, sonst kriegst du echt Stress mit Papa.«

Autsch, verdammter Mist!

Ich habe meinen kaputten Knöchel vergessen. Mit schmerzverzerrtem Gesicht lasse ich mich zurück auf meinen Stuhl fallen.

Walter, dieser Idiot, interpretiert meine Grimasse prompt falsch. Er verfällt in einen säuselnden Kleinkinderton.

»Aber Penny! Niemand will dir deinen Vater wegnehmen«, heuchelt er Verständnis. »Ist doch Ehrensache. Deshalb brauchst du doch nicht gleich weinen. Lass uns beide einfach gute Freunde werden.« Er breitet seine Arme aus. »Zusammen kriegen wir das in den Griff!«

Solche Sprüche lernt man vermutlich bei den Pfadfindern.

Hirnverbrannt!

Und dann will mich der Loser tatsächlich umarmen.

Brüsk stoße ich ihn weg, aber Walter schnappt mich und umklammert mich so fest wie ein Schraubstock.

Ich erkenne, dass er die Sache jetzt durchziehen will, sicherlich um meiner Mutter zu imponieren. Vor Widerwillen fange ich am ganzen Körper an zu zittern.

»Wir beide schaffen das«, sagt Walter in einem Tonfall, der gar nicht mehr kumpelhaft ist und auch nicht nach Weichei klingt. »Es gibt da nur ein kleines unerwartetes Problem zu lösen.« Er macht eine kunstvolle Pause.

Timing war noch nie Mamas Stärke.

»Diese schrecklichen Hundehaare«, mischt sich meine Mutter mit ihrer überlauten Stimme ein. Sie zerteilt das Aspirin mit einem scharfen Küchenmesser und spült die eine Hälfte mit einem großen Schluck Wasser hinunter. »In der ganzen Wohnung fliegen sie herum. Du siehst ja selber, wie sehr diese lästigen Haare Walter zusetzen. Wenn wir hier bald zu dritt wohnen, ist es sowieso zu eng für ein Haustier. Der Hund bellt ja schon jetzt das ganze Haus zusammen …«

»Ich habe einen Freund in Kladow, der wohnt direkt am Wald«, fällt ihr Walter hastig ins Wort. »Dort hat Shiva einen viel größeren Auslauf, denn schließlich sind Dackel ja bekanntlich Jagdhunde. Du kannst sie natürlich besuchen, sooft du Lust dazu hast, darauf gebe ich dir mein Ehrenwort.«

Endlich lässt der Schraubstock mich los.

Ich zittere am ganzen Körper wie Espenlaub.

Walters Worte brausen durch meine Ohren wie ein gigantischer Wasserfall, überschwemmen meine Augen, zerreißen mir das Herz.

Kann man an Land ertrinken?

Meine Lungen saugen sich in Sekundenschnelle mit Flüssigkeit voll wie ein trockener Schwamm. Nach Luft schnappend rudere ich mit den Armen.

Warum holt mich denn verdammt noch mal keiner hier raus?

Kurz vor dem Ersticken erkenne ich, dass nicht Wasser meine Lungen verstopft, sondern literweise Sauerstoff.

Ich reiße den Mund auf und schreie los um zu überleben.

Ich schreie laut und minutenlang.

An diesem Morgen verpasst mir meine Mutter meine allererste Ohrfeige.

6

»Das darfst du dir auf keinen Fall bieten lassen«, hämmert Aylin empört ihrem Schlagzeug ein. »Am besten, du rufst gleich mal bei der Polizei an und fragst, ob dein Stiefvater Shiva überhaupt gegen deinen Willen weggeben darf. Das ist doch wie bei einer richtigen Entführung.«

Ich sitze in Aylins Übungskeller auf dem geblümten Sofa vom Sperrmüll, Fuß hochgelagert; Shiva hat ihre trockene Schnauze tief in meine Waden vergraben, sie winselt leise vor sich hin.

Bestimmt hat sie immer noch ziemliche Schmerzen.

Genau wie ich.

»Aber meine Mutter ist ja damit einverstanden, dass Shiva verschwindet. Da habe ich doch wieder mal gar keine Chance. Sie droht mir ohnehin schon die ganze Zeit, dass sie in Zukunft *härtere Saiten* aufziehen will. Da kommt ihr Walters Allergie gerade recht.«

Ich fühle mich zum Kotzen und würde am liebsten mit Shiva mitwinseln.

»Gehirnwäsche«, kommentiert Mariusz. Er sitzt auf einem Barhocker neben Aylin und poliert mit Hingabe sein Fagott.

»Walter ist bestimmt bei einer Sekte. Die haben da doch alle Tricks drauf.«

»Quatsch!«, trommelt Aylin. »Das ist ein Fall von blinder Liebe. Pennys Mutter ist voll abhängig von dem Kerl. Verstehe ich nicht, dass dein Vater die ganze Sache mitmacht.«

Aylin hat leider Recht. Für Mama zählt nur noch, was Walter sagt. Ihr Seitenhieb auf Papa versetzt mir sofort einen Stich in der Herzgegend.

Aylins Vater würde sie nie im Stich lassen.

Manchmal möchte ich mich am liebsten in Luft auflösen.

Damit ich den ganzen Kummer in mir drin nicht mehr spüre.

Das muss schön sein.

Aber was wird dann aus Shiva?

Ich schließe meine brennenden Augen und lasse mich auf Aylins ohrenbetäubendem Trommelwirbel davontragen.

Ich bilde mir ja ein, Mama war in dem Augenblick, als sie mich schlug, selber überrascht.

Schließlich war das für uns beide eine Premiere.

Und irgendwie glaubte ich sogar einen winzigen Funken Reue in ihrem Blick zu entdecken.

Doch dann nahm Walter die Sache in die Hand.

Er küsste meine Mutter den Nacken und meinte eindringlich: »Hab jetzt bloß kein schlechtes Gewissen, Gudrun. Du bist eben einfach überfordert. Aber nun bin ich für euch da.«

Mir fiel schlagartig ein Märchen aus meiner Kindergartenzeit ein, *Der Rattenfänger von Hameln.* Ein fremder Mann gibt damit an, dass er mit dem Spiel auf seiner Flöte die Rattenplage in der Stadt beseitigen kann; alle Bewohner fallen auf sein Gesäusel rein. Am Ende schnappt der gemeine Kerl sich ihre Kids und verschwindet auf Nimmerwiedersehen.

Als ich klein war, fand ich diese Geschichte immer besonders gruselig. Hat man eigentlich schon von Rattenfängern gehört, die auf Mütter in der Midlife-Crisis spezialisiert sind?

Jedenfalls erinnert mich Walter stark an die Illustration in meinem Märchenbuch. Nur dass Walter nicht auf der Flöte herumflötet, sondern Videokassetten über Selbsterfahrung zum Abendessen mitbringt, um Mama zu ködern.

»Das werdet ihr bereuen!«, brüllte ich und fegte das restliche Geschirr vom Tisch. Zu meinem Pech stand nur noch ein Eierbecher da.

Die winzige Spur Mitleid verschwand aus Mamas Gesicht und sie wandte sich genervt von mir ab. Der heuchlerische Müttereinfänger Walter setzte hinter ihrem Rücken eine triumphierende Miene auf.

Mit zusammengebissenen Zähnen hoppelte ich auf meinem gesunden Bein aus der Küche und konnte mich noch eben aufrecht über den Flur in mein Zimmer zurückschleppen.

Dort schnappte ich mir Shiva und die Zigarrenkiste von Papa aus Havanna mit meinen eisernen Ersparnissen und humpelte, so schnell ich konnte, zur Wohnungstür.

Ein nicht gerade heroischer Abgang, muss ich zugeben.

Gerade als ich die Haustüre mit Karacho zuschlug, hörte ich meine Mutter rufen: »Penny, was ist denn eigentlich mit deinem Fuß los?«

Zu spät.

Von meinen letzten paar Kröten spendierte ich Shiva und mir ein Taxi zu Aylin nach Berlin-Mitte.

Aylins so genannter Übungskeller ist eigentlich ein ausgedienter Lagerraum in einem Gewerbehof mit mehreren Hinterhöfen, der nicht mehr genutzt wird, seit ihr Vater sich vor einem Jahr eine Kühlhalle mit allen Schikanen bauen ließ.

Aylin hat ihm den Schlüssel einfach aus dem Büro geklaut.

Obwohl sie es supergut bei ihren Eltern hat und verwöhnt wird wie die Prinzessin aus Tausendundeiner Nacht höchstpersönlich, würde Herr Konuk nämlich niemals dulden, dass seine einzige Tochter Schlagzeugerin werden will.

Die ist aber nicht so blöd, diesen Wunsch laut auszusprechen.

Zu Hause mimt sie die hübsche, sanftmütige Aylin. Aber hier in ihrem Keller an ihrem Schlagzeug lässt sie jeden Mittwochnachmittag die Sau raus.

Sie hat überhaupt keine Probleme mit dieser Art Doppelleben. Im Gegenteil. Sie freut sich, wenn ihr Vater stolz auf sie ist, weil sie fließend aus dem Koran zitieren kann, obwohl sie in Berlin geboren ist. Genauso wie sie ihrer Mutter zum Geburtstag ohne Wimpernzucken ein eigenhändig umhäkeltes Einstecktuch schenkt.

An Aylins Stelle würde ich sterben vor Qualen!

Der grundsätzliche Unterschied zwischen Aylin und mir ist wohl, dass sich alle in ihrer Familie heiß und innig lieb haben, während ich zwar meinen selbst ernannten *Stiefvater* abgrundtief ätzend finde, aber auch nicht verstehe, warum Papa nicht um Mama gekämpft hat.

Und jetzt hat Mama mich abserviert. Denn ohne Shiva bleibe ich keinen Tag länger. Das müsste Mama doch wissen! Meine Tränendrüsen schalten auf Bereitschaft.

Ich fühle mich auf einen Schlag so elternlos wie Hänsel und Gretel.

Eine riesige Selbstmitleidswelle erfasst mich.

Bevor die Welle es schafft, mich in ihre Untiefen zu ziehen, rette ich mich in gedanklichen Aktivismus.

Zuallererst werde ich Papa alarmieren. Die haben doch Funk auf seinem Schiff. Schließlich kurvt er nicht mit einem x-beliebigen Kutter herum, sondern mit einem richtigen Luxusliner, der *Queen of Seas.* Er hat sogar schon für Prinz Charles Omelett gemacht.

Mein ahnungsloser Papa wird aus allen Wolken fallen, wenn er hört, was Mama mir angetan hat.

Er lässt garantiert alles stehen und liegen und holt mich ab.

Das weiß ich hundertprozentig.

»Wir müssen unbedingt deinen Vater finden«, spricht Aylin meine Gedanken laut aus. »Mariusz hatte doch mal mit dieser netten Frau vom Jugendamt zu tun. Wenn du ihr deine traurige Hundestory schilderst, kriegt dein Papa bestimmt das Sorgerecht. Und dann guckt deine Mutter dumm aus der Wäsche.«

Na, ich weiß nicht.

Walter ist eher ein Fall für den Tierschutzverein.

Allerdings: Als Mariusz diesen Stress mit der Ausländerpolizei bekam und abgeschoben werden sollte, setzte sich das Jugendamt erstaunlich heldenhaft für ihn ein. Die gesamte Belegschaft war damals ganz hingerissen von seiner Dudelei.

Nein, im Ernst.

Mariusz kann wirklich beneidenswert gut Fagott spielen. Wenn er loslegt, könnte ich regelmäßig heulen, so traurig klingt sein Spiel.

Seine Familie wohnt in einem winzigen Dorf in der Nähe von Breslau, also Polen, und sein Vater war früher ein berühmter Instrumentenbauer. Jetzt hat er leider Gicht in den Fingern und ist völlig verarmt. Aus diesem Grund musste Mariusz sogar die Schule abbrechen, obwohl er die Aufnahmeprüfung für ein berühmtes Musikkonservatorium bereits geschafft hatte.

Das hat ihn komplett aus der Spur geworfen.

Aus Enttäuschung ist er einfach von zu Hause abgehauen.

Schlepper brachten ihn illegal nach Berlin, was natürlich einen Haufen Geld gekostet hat. Um diese Leute zu bezahlen hat er sogar das Meisterstück seines Vaters, eine kostbare Geige, verpfändet!

Mittlerweile tut ihm das höllisch Leid und er spielt rund um die Uhr für erholungssüchtige Touristen Fagott, um die Geige wieder auszulösen.

Ich glaube, er sehnt sich schrecklich nach seinen Eltern, traut sich ohne Geige aber nicht nach Hause. Seine größte Angst ist, dass sein Vater stirbt, bevor er ihm die Geige zurückbringen kann.

Mariusz' Stammplatz befindet sich direkt vor dem Fernsehturm am Alexanderplatz und er verdient dort gut Kohle. Aylin hat auf dem Wochenmarkt Gemüse verkauft, als sie ihn das erste Mal spielen hörte. Sie brachte ihm einen gigantischen Obstkorb zur Stärkung. Seit diesem Tag sind die beiden unsterblich ineinander verliebt.

Tja.

Obwohl sie fast ein halbes Jahr zusammen sind, hat Aylin Mariusz bei ihren Eltern bis jetzt mit keinem Wort erwähnt. Dabei sehen sie sich so gut wie jeden Tag.

Aylin sagt, ihr Vater würde Amok laufen, wenn er wüsste, dass sie in ihrem Alter einen Freund hat. Noch dazu einen Jungen aus Polen. Er hofft nämlich inständig, dass sie ihren Vetter Metin heiraten wird. Der baut gerade ein großes Exportgeschäft in Istanbul auf und ist jetzt schon steinreich.

Ich an ihrer Stelle würde ausflippen. Aber so sensibel Aylin sonst ist – da hat sie echt die Ruhe weg.

Sie vertraut felsenfest darauf, dass sich die Sache von allein regeln wird. Ihre Kusine hat ihr nämlich gesteckt, dass Metin bereits in ein ganz anderes Mädchen verliebt ist, das Metins Eltern aber wiederum nicht in den Kram passt.

»Was ist jetzt?«, reißt Aylin mich mit einem Paukenschlag aus tiefen Gedanken. Sie sieht mich herausfordernd an.

»Ich glaube, Natascha hat noch die Telefonnummer von der Jugendamtstelle«, sagt Mariusz hilfsbereit.

Natascha! Schon wieder Natascha. Allmählich bekomme ich den Eindruck, diese Frau ist der Nabel der Welt.

Aber, nachfragen kostet nichts.

Ich nicke.

Aylin steht auf und deckt das Schlagzeug mit einer Plane ab. Mit ihrem Instrument ist sie absolut penibel.

»Also los«, sagt sie so resolut, dass sogar Shiva zustimmend bellend aufspringt.

Ich setze mich auf die Stange von Mariusz' Fahrrad, Shiva verstauen wir auf Aylins Gepäckträger.

So radeln wir zum Spreepark.

7

Irgendwie habe ich eine Pechsträhne.

Denn der Erste, der mir im Spreepark über den Weg läuft, ist Niko. Diesmal nicht als Skelett, sondern in kurzen Hosen und weißem T-Shirt.

Ich mustere verstohlen seine braunen muskulösen Arme und Beine.

Sieht ziemlich gut aus, muss ich eingestehen.

Egal wo ich mich sonst auf dem Rummelplatz umschaue, nur stachelige Spargelbeine oder ekelige Fahrradwaden.

»Natascha wartet schon auf dich, Penny«, sagt er. »Du bist in Schwierigkeiten, stimmt's?«

»Woher willst ausgerechnet du das wissen?«, frage ich verblüfft.

»Steht alles in Nataschas Karten«, sagt er geheimnisvoll.

»So ein Scheiß!«

Ich beschließe, mir bei Gelegenheit Mariusz vorzuknöpfen. Denn sein toller Freund Niko ist alles andere als schüchtern oder wortkarg. Der ist einfach nur unverschämt.

»Rede doch wenigstens mit ihr, bevor du Dinge verurteilst, die du nicht kennst«, fordert mich Niko auf. Dazu lächelt er wieder dieses überlegene Lächeln, das mich zum Wahnsinn treibt.

Ich bleibe ihm die Antwort schuldig und schaue so gelangweilt wie möglich in der Gegend herum.

Niko bückt sich zu Shiva hinunter. »Na, musst du selber wissen. Ich hab jedenfalls ab jetzt Schicht an der Riesenkrake.« Er streichelt Shiva sanft über die Schnauze.

Augenblicklich erkennt meine kluge Shiva ihren Lebensretter wieder und leckt ihm großflächig die Hand. Sie kann sich gar nicht mehr losreißen von seinen Fingern und Niko macht keine Anstalten, zu gehen.

Dabei hatte er es doch offensichtlich eilig.

Ich finde Shivas ausufernde Dankbarkeit wirklich übertrieben.

»Aus, Shiva!«, sage ich streng und ziehe ihre Schnauze einfach von Nikos Hand weg.

Er lacht leise und greift nach mir. »Warum bist du denn immer gleich so sauer? Ich will dich nicht ärgern, Penny. Ich mag nur deinen kleinen Hund. Der ist wenigstens freundlich zu mir.«

Ich spüre, wie ich vor Scham knallrot anlaufe.

Blitzartig schießt mir durch den Kopf, dass Niko nicht ein winziges Dankeschön für Shivas Rettung von mir gehört hat. Stattdessen bin ich die ganze Zeit damit beschäftigt, aufzuzählen, was ich an ihm blöd finde.

Warum nur?

Ich sehe, wie offen er mich aus seinen braunen Augen anlächelt, und es fällt mir wie Schuppen von den Augen.

Ich finde Niko eigentlich schon die ganze Zeit total süß.

Diese Erkenntnis trifft mich so heftig, dass ich fast tot umfalle vor Schreck. Mir fällt der *»Liebe? Nein danke!«*-Chip aus meinem Traum ein.

Ich schicke ein Stoßgebet zum Himmel, dass irgendwo auf der Welt ein schlauer Mensch mit Volldampf an der Entwicklung arbeitet. Ich habe ihn nämlich gerade bitter nötig. Völlig verdattert packe ich Shiva am Halsband und trete den Rückzug an.

»Bis später, Penny. Du kriegst 'ne Freifahrt!«, ruft Niko mir hinterher.

Da kannst du lange warten, Niko.

Auf gar keinen Fall!

Als ich Minuten später mit Aylin und Mariusz bei Natascha im Hexenhäuschen hocke, habe ich Probleme, meine Verwirrung zu verbergen.

Natascha hört sich meine Leidensgeschichte aufmerksam an. Falls sie aus ihren Karten tatsächlich schon weiß, dass bei mir zu Hause der Teufel los ist, lässt sie sich nichts anmerken.

Sie ruft eigenhändig bei dieser Frau Stein vom Jugendamt an und macht einen Termin für den nächsten Vormittag aus.

Aylin und Mariusz wollen eine kleine Runde über den Rummelplatz drehen, während sich Natascha meinen Fuß anschaut. Sie legt diesmal essigsaure Tonerde zum Kühlen auf, das kenne ich noch von Oma. Auf Shivas Wunden verstreicht sie allerdings noch einmal ihre Hokuspokuspaste. Mir ist mittlerweile alles recht, was Shiva hilft.

Ehrlich!

Ich schäme mich über mein heimliches Misstrauen.

Schließlich ist Wahrsagen ein Job wie jeder andere. Wahrscheinlich hat Natascha einfach einen besonders guten Blick für Menschen. Um herauszukriegen, dass es mir saumäßig mies geht, muss man nicht erst die Tarotkarten strapazieren. Da braucht man mir nur ins Gesicht zu schauen.

Jedenfalls ist Natascha die erste Erwachsene seit langem, die mich ernst nimmt. Sogar meinen Hund behandelt sie umsonst. Einen richtigen Tierarzt könnte ich gar nicht bezahlen.

Während ich noch herumgrüble, welchen Gefallen ich Natascha tun könnte, taucht schon die nächste ratsuchende Kundschaft auf. Der alte Mann will wissen, ob er noch einmal heiraten soll. Seine Braut ist immerhin schon über achtzig.

Natascha schließt die Vorhänge und zündet Räucherstäbchen an. Ich verziehe mich nach draußen und setze mich noch ein bisschen in die Sonne. Vielleicht kann ich Natascha ja demnächst mal beim Salbenmischen helfen. Zusammen mit Niko …

Schräg gegenüber kann ich ihn gerade in der Riesenkrake erkennen. Er springt von Wagen zu Wagen und sammelt die Chips von kreischenden Teenies ein.

Keine Spur von Aylin und Mariusz. Sicher knutschen sie schon wieder in der Geisterbahn.

Echt verrückt, die Sache mit den beiden.

Hoffentlich geht das alles gut.

»Überraschung!« Meine süße Freundin Aylin hält mir mein Lieblingseis unter die Nase, Apfel mit Zimt.

Ich teile die selbst gebackene Waffel mit Schleckermaul Shiva.

Mariusz ist bereits zum Alexanderplatz gefahren, erzählt Aylin. Er hat heute noch kaum Umsatz gemacht.

Von Aylins Handy telefoniere ich nach Hause.

Es klingelt ewig, dann springt der Anrufbeantworter an.

Ich quatsche so kühl wie möglich auf das Tonband, dass ich »in Anbetracht der Lage und um Walters Gesundheit nicht zu gefährden« diese Nacht lieber bei Aylin schlafen will.

Meine Mutter soll nur mitkriegen, wie sauer ich immer noch bin.

Aylin muss sich während meines Anrufs den Mund zuhalten vor Lachen. Sie findet meine Performance krass.

Auf einmal bin ich tieftraurig, weiß nicht genau warum.

Läuft doch alles nach Plan!

Ich sehne mich zum zehntausendsten Mal nach diesem leeren Gefühl im Kopf. Diesem herrlichen Augenblick, in dem die nervige Gedankenmaschine stoppt.

Als damals mein Blinddarm herausoperiert wurde, kurz vor der Narkose zum Beispiel: Dieser erleichternde Moment der Leere.

Oder im Sportunterricht beim Bockspringen; als ich auf mein Knie fiel und die Lehrerin mir Vereisungsspray aufsprühte.

Einfach gar nichts mehr spüren.

Das Nichts spüren!

»Penny! Hallo! Hörst du mich?« Aylin rüttelt heftig an meiner Schulter. Ihre Fingernägel bohren sich schmerzhaft in meine Haut.

»Au! Bist du bescheuert?« Ich schubse sie weg.

»Das ist überhaupt nicht witzig«, faucht mich Aylin an. »Ich brülle mir hier die Lunge aus dem Hals und du reagierst nicht. Ich hatte schon voll die Panik, weil du so ein seltsames Gesicht gemacht hast. Komm sofort raus aus der Gluthitze.«

Ich habe keinen Ton gehört.

Ich schaue in ihre wütenden Augen, die jetzt nur noch dunkle Schlitze sind. Ihre kurzen schwarzen Locken wippen richtig vor Empörung. Aylin ist wirklich das hübscheste Mädchen, das ich kenne. Und dabei bildet sie sich überhaupt nichts darauf ein. Kein Wunder, dass Mariusz so verrückt nach ihr ist.

Manchmal mag ich es direkt, wenn sie mich anschreit. Dann weiß ich, dass sie sich echte Sorgen um mich macht.

Das finde ich irgendwie beruhigend.

»Wir fahren jetzt Riesenkrake«, bestimmt sie und geht los.

»Du brauchst frischen Wind um die Ohren. In der Türkei hängt kein Mensch freiwillig in der prallen Mittagssonne herum.«

Ich folge Aylin ohne Widerspruch.

Wenn Aylin so weit geht, die Türkei zu zitieren, ist das ein sicheres Zeichen dafür, dass sie richtig sauer ist. Denn wie schon gesagt: Mit türkischen Sitten hat sie nichts am Hut.

Niko steckt Aylin wortlos eine Hand voll Chips zu, hebt Shiva ganz selbstverständlich in sein Kabuff und öffnet uns die Sperre.

Mich schaut er dabei gar nicht an.

Jetzt ist er eingeschnappt, weil ich vorhin mit Shiva einfach abgehauen bin, denke ich schuldbewusst.

Gleichzeitig bin ich erleichtert. Anscheinend wirkt der *»Liebe? Nein Danke!«*-Chip auch virtuell.

Ich kraxle hoheitsvoll in die blutrote Krake und lasse mich neben Aylin auf den Sitz plumpsen. Dabei frage ich mich nicht zum ersten Mal, wieso ich es immer wieder schaffe, mir vollkommen überflüssige Gedanken über alles Mögliche zu machen.

Jetzt sogar schon über Niko.

Ganz schön verrückt!

8

Aylin kreischt wie wahnsinnig los, als wir aufsteigen und in den Armen der Riesenkrake in den dunkelblauen Himmel geschleudert werden.

Ich schreie aus voller Seele mit.

Immer schneller, immer heftiger schrauben wir uns mit der Krake durch die Luft, schütteln unsere Glieder von den Zehen bis zu den Haarspitzen durch.

Einfach nur geil!

So könnte ich auf immer und ewig weiterfliegen. Quer durch die Galaxis bis zu meinem Lieblingsstern, der Wega. Dort angekommen würde mich die Krake einfach auf seine nebelige Oberfläche ausspucken und ich müsste niemals wieder zur Erde zurückkehren.

Der Krakenausflug ist viel zu schnell vorbei.

Die Sonne brennt so heiß auf unsere Köpfe wie zuvor. Aber ich fühle mich frisch und lebendig wie schon lange nicht mehr.

Aylin hängt kreidebleich an meinem Arm. Ihr ist sterbensübel.

»Mir langt es.« Sie gibt mir die Chips.

Sie schafft es gerade noch bis zur Holztreppe.

Dort übergibt sie sich heftig.

Schon bewegt sich die Riesenkrake mit mir alleine weiter, hebt mich sanft schwingend hinauf in die Wolken.

Im allerletzten Augenblick springt Niko auf den leeren Platz neben mir.

Mein Herz vergisst vor Schreck für eine hundertstel

Sekunde zu schlagen. Dann rast es mit doppelter Geschwindigkeit weiter.

»Wohl bescheuert mich so zu erschrecken!«, brülle ich empört gegen den Flugwind.

»Du hast deinen Chip noch nicht abgegeben«, antwortet er frech.

Ich mache eine ungestüme Bewegung, will ihm die blöden Plastikdinger ins Gesicht pfeffern.

Voll daneben! Stattdessen streue ich die Chips wie bunte Smarties über den Köpfen einer Eis schleckenden Kindergruppe aus. Die Kids jubeln laut und strecken ihre Hände verlangend in den Himmel!

Niko lacht sich halb tot und ich lache mit.

Wirklich saublöd.

Ich rücke ein Stück von ihm ab.

Aber schon in der ersten scharfen Kurve werde ich eng an Nikos heiße Haut gedrückt.

Fühlt sich erstaunlich gut an.

Als die Krake mit uns so wild herumtobt wie ein Ungeheuer mit seiner wehrlosen Beute, quietsche ich laut auf vor Vergnügen, obwohl ich mir vorgenommen habe cool zu bleiben.

Klappt aber überhaupt nicht.

In meinem ganzen Körper kribbelt es wie verrückt.

Die Riesenkrake rast mit einer irren Geschwindigkeit gen Himmel. Mir wird schwindlig und ich kreische meine wohlige Angst aus vollem Hals hinaus in die Welt.

Niko fasst ganz selbstverständlich nach meiner Hand.

Sofort jagen die widersprüchlichsten Gedanken

durch meinen Kopf. Aber ich schaffe es nicht, meine Hand wegzuziehen.

Kurz bevor wir die Wega erreichen, küsst Niko mich.

Er presst seine Lippen beinahe schmerzhaft auf meinen Mund. Doch seine Haut riecht angenehm nach Sommer und in seinem Haar bemerke ich einen flüchtigen Duft, der mir irgendwie vertraut vorkommt.

Auf einmal weiß ich, dass er mich weiterküssen soll.

Und das ist ein richtig gutes Gefühl.

Ich mache die Augen zu und beschließe, mit Niko auf dem nächstgelegenen Stern zwischenzulanden.

Abends steigen Aylin und ich durch eine Dachluke auf das begrünte Flachdach von ihrem Elternhaus und starren hinauf in den dunklen Himmel.

Kein Stern weit und breit.

Ich bin todmüde, aber Aylin will jedes noch so winzige Detail meines Kuss-Intermezzos hören.

»Wie geht es denn jetzt weiter?«, bohrt sie aufgeregt nach. »Habt ihr euch verabredet? Bist du plötzlich doch in Niko verliebt? Ist Niko auch in dich verliebt? Was hat er denn zu dir gesagt???«

Ich halte mir demonstrativ die Ohren zu.

»Aylin, nerv mich doch nicht so! Ich habe keine Ahnung.« –

Ich klettere alleine zurück in ihr Zimmer und lege mich angezogen unter die Bettdecke. Die Nächte werden bereits kälter.

Ich will am liebsten gar nicht mehr an Niko denken, doch er geistert ständig in meinem Kopf herum.

Es hat mir gefallen, wie er mich geküsst hat. Das war schon anders als die feuchten Bluesküsse von diesen unendlich langweiligen Schulpartys.

Irgendwie erwachsen.

Wir sind noch fünf Runden mit der Riesenkrake kreuz und quer durch die Galaxis gekurvt. Dabei haben wir uns pausenlos weitergeküsst.

Zurück auf der Erde kriegte Niko so richtig Ärger mit seinem Chef. Ich verdrückte mich schleunigst, um die Sache nicht noch schlimmer zu machen.

Ehrlich.

Ich bin froh, dass unser Abschied so hektisch ausfiel. Wäre womöglich noch auf den letzten Drücker peinlich geworden.

Ich wälze mich unruhig in meinem Bett herum und friere immer mehr. Ich nehme Shiva in meinen Arm wie ein Kuscheltier und drücke mein Gesicht tief in ihr warmes Hundefell.

Ach und überhaupt.

Selbst wenn ich mich tatsächlich in Niko verknallt hätte.

Es bleiben nur ein paar Tage, bis ich mit Shiva im Flugzeug sitze oder weit draußen auf dem grünen Meer herumschaukle, zu Papa nach Australien.

Da habe ich keine Zeit für so eine verzwickte Liebesgeschichte.

9

Auf dem Weg zum Jugendamt kaufe ich schnell noch ein knallrotes Hundehalsband für Shiva. Sie soll ja schließlich einen guten Eindruck machen. Die Salbe von Natascha hat ausgezeichnet gewirkt, und so kann ich heute zum ersten Mal den Verband weglassen. Sogar die Wunden an Shivas Ohr sind fast verheilt.

Ein Glück!

Nun erkennt man wenigstens wieder, dass Shiva ein lebendiger Dackel ist und keine Hundemumie.

Aylin hat meine wirren Zottelhaare stundenlang mit einer stinkenden Haarpackung weichgespült und anschließend mit einem Lockenstab in Form gepeinigt. Zum Schluss hat sie mich in ihr Jeanskleid mit den aufgesetzten dunkelblauen Nähten gesteckt.

Das Ding fand ich schon immer besonders hässlich.

Ich bete, dass wir auf dem Weg niemanden treffen, der mich kennt.

Aylins andere Klamotten sind mir leider viel zu groß und rutschen mir trotz Gürtel sofort unter den Po. Das enge Kleid betont meine Bügelbrett-Figur noch mehr und ich bekomme an jedem Schaufenster einen echten Schock.

Aber Aylin ist sich sicher, dass ich mit meiner *gammeligen* Flickenhose und dem *verwaschenen* Löcherpulli (Papas erster Seemannspullover) keinen guten Eindruck beim Jugendamt machen würde. Mein neues Outfit dagegen sei super überzeugend.

Ich kann bloß hoffen, dass sie Recht behält!

Frau Stein vom Jugendamt ist der Typ *»guter Mensch«*, dem man ständig in Mittags-Talkshows begegnet. Sie hört sich meine Geschichte geduldig nickend an, unterbricht mich kein einziges Mal.

Sie trägt eine bequeme Jeans und ihr T-Shirt ist an den Rändern lila verfärbt. Ihre streichholzkurzen blauschwarzen Haare stehen in alle Himmelsrichtungen und ich komme mir echt bescheuert vor in meinem Barbie-Look.

Allein in ihrem Gesicht zähle ich fünf Piercings. Das eine auf ihrer Nase ist entzündet; deshalb hat sie dick Salbe aufgetragen.

Ich muss an diese aufgeklebten Hexenwarzen vom Kinderfasching denken. Absurderweise bin ich meiner Mutter plötzlich dankbar, dass sie mir seit Monaten die Unterschrift für ein Lippenpiercing verweigert.

Endlich bin ich fertig.

»Sie werden verstehen, dass ich mit so einem herzlosen Typen keine Sekunde länger unter einem Dach leben kann. Meine Mutter ist ihm leider total verfallen. Ich wäre Ihnen sehr dankbar, wenn Sie die Nummer von Papas Schiff herausfinden und ihn anfunken könnten, damit er mich abholt. Er wird Ihnen die anfallenden Kosten selbstverständlich erstatten.«

Aylin zieht anerkennend die Augenbraue hoch. Dieser weltgewandte Sprachstil beeindruckt sogar meine älteste Freundin.

Frau Stein lächelt verbindlich.

Sie steht auf und macht einen Schritt auf Shiva zu.

Shiva liegt unter meinem Stuhl und döst vor sich hin, als könne sie kein Wässerchen trüben.

»Und du bist also unser Corpus Delicti«, sagt Frau Stein und zwickt Shiva mütterlich ins Ohr.

Es ist ausgerechnet das ramponierte.

Der friedlichste aller Dackel schnappt in Sekundenschnelle nach Frau Steins Finger und beißt mit spitzen Zähnen zu.

Frau Stein schreit schrill auf.

Aus ihrem Mittelfinger tröpfelt ein hellroter Tropfen Blut. Sie steckt ihren Finger in den Mund und rettet sich hinter ihren Schreibtisch. Dort wickelt sie eilig ein frisches Tempotaschentuch um die Wunde. An ihrer Lippe bleibt ein blutiger Rest kleben.

Sie greift schnell nach einem dicken Schnellhefter.

»Ich habe heute Morgen Einsicht in deine Akte genommen«, sagt sie geschäftig und eine Spur zu laut. »Da hat sich ja bereits einiges angesammelt in der letzten Zeit.«

Sie schlägt den Schnellhefter auf.

Ich schaue sie verwirrt an und beuge mich, so weit es in meinem engen Kleid geht, nach vorne.

Es gibt eine Akte beim Jugendamt über mich?

Tatsächlich! Obenauf steht handschriftlich mein Name: *Penelope Brückner,* mein Geburtsdatum und die Vornamen meiner Eltern.

Frau Stein blättert die Akte im Schnelldurchlauf durch. Sie umfasst volle 32 Seiten.

Ich sinke schockiert in meinen Stuhl zurück. Wenn ihr meine Schulgeschichte zu Ohren gekommen ist, bin ich geliefert.

»Ich denke, ich kann offen mit dir sprechen, Penelope«, sagt Frau Stein. »Obwohl diese Art Gespräch mit

Jugendlichen nicht üblich ist, werde ich dir ausnahmsweise die Aktenlage erklären. Dein Vater lehnt seit über zwei Jahren die Unterhaltszahlungen für dich ab. Unsere Anrufe auf sein Mobiltelefon beantwortet er nicht, amtliche Briefe schickt er ungeöffnet zurück. Das Jugendamt hat sich deshalb als dein gesetzlicher Vertreter entschlossen, ein Gerichtsverfahren gegen ihn einzuleiten. Solange dieses läuft, ruhen alle Sorgerechtsangelegenheiten. Kommt es zu einem Prozess, womit ich bei deinem Vater leider fest rechne, wird auch das Sorgerecht neu geklärt. Da verrate ich aber sicherlich kein Geheimnis, wenn ich sage, dass seine Chancen extrem schlecht stehen. Schließlich verweigert er ja finanziell jede Verantwortung für dich. Ich kann also leider momentan nichts für dich tun.« Sie schlägt die Akte zu und sieht mich aufmunternd an.

Für eine unendlich lange Zeit kapiere ich gar nichts.

Selbst Aylin hat es anscheinend die Sprache verschlagen. Sie sitzt mit offenem Mund da und starrt Frau Stein an wie eine Fata Morgana. Keine Spur mehr von ihrem überschäumenden Optimismus.

»Papa hat ein Telefon?«, sage ich schließlich mühsam und mit kratziger Stimme, als ob ich gerade sprechen lernen würde. »Wieso weiß ich denn davon nichts? Kann ich die Nummer kriegen?«

Frau Stein schüttelt resolut den Kopf. »Nein, auf keinen Fall. Nicht nach Sichtung der Sachlage. Aber vielleicht schaust du nächsten Donnerstag einfach unverbindlich in unserer Therapiestunde für Jugendliche vorbei. Da kommen auch jede Menge nette Jungs und am ersten Samstag im Monat ist Disko.«

Sie zwinkert mir verschwörerisch zu. »Damit du mal auf andere Gedanken kommst.« Sie macht sich eine Notiz in ihren Kalender.

Ich starre weiter vor mich hin.

»Na, komm schon! Kopf hoch, Mädchen.« –

Frau Brückner durchquert mit ungeduldigen Schritten das Büro und reißt die Tür sperrangelweit auf. Dabei achtet sie peinlich darauf, Shiva nicht zu nahe zu kommen.

»Glaube mir«, ruft sie so laut, dass der ganze Flur an meinem traurigen Leben teilnehmen kann, »Konflikte im Elternhaus sind in deinem Alter ganz normal! Aber ich werde deine Mutter anrufen und sie bitten, dass du eine Zeit lang bei deiner Freundin bleiben kannst, bis sich die Wogen geglättet haben! Das hat ja schon häufig Wunder gewirkt. Denn aus der Reise zu deinem Vater, das kann ich dir garantieren, wird erst einmal nichts!«

Das war es dann wohl.

Habe ich es nicht von Anfang an geahnt?

»Auf, Shiva, wir gehen«, piepse ich schwach, bevor mir endgültig die Stimme versagt. Ich zerre sie an ihrem Halsband hoch und versuche möglichst entspannt an Frau Stein vorbeizulaufen und mir nichts anmerken zu lassen.

»Ein wirklich hübsches Kleid hast du an. Meine Tochter trägt ja immer nur ihre alte Flickenjeans. Ihr solltet euch mal kennen lernen. Vielleicht hast du einen guten Einfluss auf sie.« Sie lacht herzhaft, als hätte sie einen Witz gemacht, und ich kann ihr Zungenpiercing sehen. Der Stein hat die Form einer winzigen silbernen Natter.

Shiva leckt neugierig über Frau Steins Zehen, die in

offenen Sandalen stecken, und ich beobachte mit Freude, wie sich bei der Berührung jede Faser ihres Körpers anspannt.

Während sie ihre Bürotür hinter sich abschließt, weil sie zur Frühstückspause gehen will, kann sie es sich nicht verkneifen, mir ihren ganz persönlichen Rat unaufgefordert mit auf den Weg zu geben.

»Vielleicht hilft dir meine ganz private Meinung weiter – mach deinem Stiefvater das Leben nicht zur Hölle. Eine Hundehaarallergie saugt man sich schließlich nicht aus den Fingern. Warum versuchst du es nicht mal mit einem niedlichen kleinen Kanarienvogel? Meiner zu Hause kann sogar richtig verständliche Sätze sprechen. Und vergiss nicht: Auch deine Mutter hat ein Anrecht auf Liebe.«

Zum Glück befindet sich das Jugendamt in einem denkmalgeschützten Gebäude mit vorsintflutlichen Paternostern.

Ich mache einen Riesenschritt in den schwarzen Abgrund, um Frau Brückners unerträglichen Belehrungen zu entfliehen.

Shiva hoppelt todesmutig hinterher.

Aylin dagegen weigert sich standhaft in den vorbeigleitenden Aufzug zu steigen. So muss sie den langen Weg bis zu der Haupttreppe mit Frau Stein zusammen gehen und sich deren Schwierigkeiten mit ihrer eigenen vierzehnjährigen Tochter anhören.

Einfühlsam, wie Aylin ist, gibt sie der erfreuten Frau Stein noch ein paar richtig brauchbare Ratschläge mit nach Hause und das Versprechen, unbedingt wieder einmal bei ihr vorbeizuschauen.

10

»Einen Job, ich brauche sofort einen Job, damit ich mir ein Flugticket nach Australien kaufen kann«, wiederhole ich. »Dann bin ich schon dort, wenn Papa mit der *Queen of Seas* anlegt. Der wird echt Augen machen.«

Wir sitzen neben Mariusz am Alexanderplatz und schildern ihm unseren Reinfall beim Jugendamt in allen schrecklichen Details.

Er ist voller Mitleid und kann sich unser Desaster nicht erklären.

»Ist doch glasklar«, diagnostiziert Aylin eifersüchtig. »Die Jugendamttussi mag nur Jungs und Mariusz anscheinend ganz besonders. Mädchen erinnern sie an ihre eigene Tochter.«

»Einen Job«, wiederhole ich wie eine Platte, die einen Sprung hat. »Einen neuen Pass habe ich und den Rest schaffe ich dann allein.« Ich kann an nichts anderes denken. Die persönlichen Motive dieser Frau interessieren mich momentan null.

»Willst du wirklich einfach abhauen?«, fragt Mariusz besorgt. »Überleg es dir. Ich habe meinen Entschluss jedenfalls schon nach einem Tag bereut.«

Mariusz ist wieder einmal rührend. Aber er hat tatsächlich keine Ahnung, wie beschissen es mir geht.

»Was ist mit der Schule?«, versucht es Mariusz noch einmal. »Um Dolmetscherin zu werden brauchst du Abitur.«

Ich schüttle ungeduldig meinen Kopf. »Englisch lerne ich in Australien doch viel schneller. Kapierst du es nicht? Mir steht es bis hier!« Ich unterstütze meinen Frust gestenreich.

»Lass Penny in Frieden «, weist Aylin Mariusz zurecht.

Sie lächelt mich beruhigend an. »Ich frage Cem, ob du bei *Flying Pizza* als Aushilfe anfangen kannst. Er versteht sich gut mit dem Chef und außerdem ist mir mein lieber Bruder sowieso noch was schuldig.«

Sofort steigt meine Laune.

Ein Job bei *Flying Pizza* wäre wirklich cool. Meinen Mofaführerschein habe ich bereits gemacht. Ich könnte also zur Not auch ausliefern.

»Müssen Hunde in Australien eigentlich in Quarantäne?«, frage ich sorgenvoll. Es wäre furchtbar, wenn Shiva wochenlang in einem Zwinger ausharren müsste.

»Ich rufe für dich bei der Botschaft an«, verspricht Aylin. »Gleich morgen Früh.«

»Möglich, dass wir es doch schaffen, die Mobilnummer von deinem Vater herauszukriegen«, sagt Mariusz gedankenvoll. »Erinnert ihr euch, wo die Akte genau liegt? Vielleicht kann ich Niko überreden. Ist ja für einen guten Zweck.«

Aylin kreischt aufgeregt los. »Super! Warum bin ich nicht selbst darauf gekommen?«

»Niko?«, frage ich verwirrt und kann nicht verhindern, dass mein Herz plötzlich losrast wie auf der Galopprennbahn. »Was hat denn Niko mit Papa zu tun?«

Ich verstehe nur Bahnhof.

»Er hat doch eine Weile bei diesen Typen gewohnt, die jedes Schloss aufkriegen«, klärt mich Mariusz bedeutsam auf. »Und es waren *nicht* die Leute vom Schlüsseldienst. Seitdem hat Niko jede Menge Tricks drauf.«

Der Groschen fällt.

»Auf gar keinen Fall!«, sage ich empört. »Wenn ich an Papas Telefonnummer nicht auf ehrlichem Wege herankomme, dann lasse ich es eben bleiben. Ich bin doch nicht wahnsinnig und bitte Niko für mich im Jugendamt einzubrechen. Wenn das schief geht, schickt Mama mich auf 'ne Insel für Schwererziehbare und ich bin völlig am Arsch.«

»Und Niko landet im Knast«, ergänzt Aylin sensationslüstern. »War vielleicht doch keine so gute Idee, Mariusz. Aber süß, dass du dir so viele Gedanken machst.« Sie küsst ihn innig.

Eine Reisegruppe japanischer Touristen überquert den Platz. Mariusz wittert zahlungskräftige Kundschaft und bläst eine Arabeske auf seinem Fagott.

Bereitwillig lässt er sich von zwei kichernden japanischen Teenagern in die Mitte nehmen und fotografieren. Nun wollen alle anderen Mädchen auch mit Mariusz an ihrer Seite geknipst werden.

Freundlich lächelt er immer wieder neu in die Kamera.

Die japanische Reiseleiterin gibt ihm zum Abschied ein dickes Trinkgeld und scheucht ihre Truppe weiter zum Bus.

Nicht zum ersten Mal bewundere ich Mariusz' Engelsgeduld. Wie lange er schon jeden Cent für die Geige seines Vaters spart, obwohl er nicht einmal weiß, ob der Rücktausch gelingen wird. Es tut mir so Leid für ihn, dass er sein Talent hier auf der Straße verschwenden muss. Ich beschließe, ihn mir in meiner Australiensache zum Vorbild zu nehmen.

Während Mariusz weiterspielt und Aylin mit einer Schachtel die Münzen einsammelt, geht mir immer wieder durch den Kopf, wie viele schreckliche Dinge diese Frau Stein vom Jugendamt über meinen Vater gesagt hat.

Ich kann mir nicht vorstellen, dass Papa es zu einem Gerichtstermin kommen lässt. Er war doch früher immer total großzügig.

Bestimmt hat Mama ihn so genervt, dass er sich nicht mehr anders zu wehren wusste.

Oder war es doch ganz anders?

Nein, das glaube ich einfach nicht. Schließlich hat Mama mir absichtlich Papas Telefonnummer verschwiegen und herumgelogen, sie hätte ewige Zeiten nichts mehr von ihm gehört.

Andersherum: Warum hat Papa mich nicht einfach mal angerufen oder die Nummer auf eine seiner vielen Ansichtskarten geschrieben? Nichts einfacher als das! Er kann sich doch denken, wie gerne ich wieder einmal seine Stimme hören würde.

Sollte ich doch versuchen mit Mama über die ganze Sache zu reden?

In meinen Ohren schwirrt ein ganzer Bienenschwarm und ich suche verzweifelt nach dem Schalter, mit dem ich meine durcheinander wirbelnden Gedanken abstellen kann.

Trotz der Hitze fühlen sich meine Füße an wie Eisblöcke. Shiva will diesmal sicherlich nicht Wärmflasche spielen. Sie träumt unter einer Straßenlaterne von einer frischen Brise.

»Penny«, zerreißt Aylin meinen schweren Gedankenvorhang. »Ich habe eine Idee. Vielleicht kann Natascha die Handynummer in ihrer Wahrsagekugel erkennen!«

Sie macht eifrig kleine Häufchen, um das Geld besser zählen zu können. Sogar ein Fünfeuroschein ist darunter.

»Hm«, murmle ich nicht besonders überzeugt.

»Doch, glaub mir. Die Kassiererin vom Kettenkarussell hat gesehen, wie Natascha einer alten Frau geholfen hat die Geheimnummer für ihr Sparbuch herauszufinden. Die Frau wollte ihr fünfhundert Euro Belohnung schenken, aber Natascha hat das Geld nicht angenommen. Mensch, probier es doch einfach aus.«

Mein Herz macht plötzlich einen kleinen Sprung.

Das wäre doch eine gute Gelegenheit, Niko ganz unverfänglich Hallo zu sagen, schießt es mir durch den Kopf. Er arbeitet ja quasi direkt bei Natascha um die Ecke.

»Wenn du meinst«, sage ich bereitwillig. »Das erledige ich aber ohne dich.«

Aylin kichert. »Kein Problem. Ich habe hier genug zu tun. Und wenn du schon im Spreepark bist, kannst du gleich bei Niko vorbeischauen und Hallo sagen. Einfach mal so ...«

Ich kann nicht verhindern, dass ich puterrot anlaufe.

Mariusz, der im selben Moment zu uns herüberschaut, ruft erschreckt: »Geh sofort aus der Sonne, Penny. Du siehst aus, als würdest du jeden Augenblick einen Hitzschlag kriegen!«

Ich pfeife nach Shiva und kratze schleunigst die Kurve.

11

Erregte Stimmen.

Das Palaver in dem Hexenhäuschen hört sich nach einem handfestem Streit an. Ich habe wohl nicht den günstigsten Zeitpunkt erwischt, Natascha um Rat zu bitten. Unentschlossen bleibe ich vor dem schweren dunkelblauen Samtvorhang stehen, der den Eingang verbirgt, und überlege noch, ob ich mich vielleicht lieber erst einmal an der Riesenkrake umschauen soll, als es einen heftigen Knall gibt.

Ein runder Gegenstand durchschlägt die seitliche Fensterscheibe und zersplittert auf dem Kopfsteinpflaster in hunderttausend winzige Scherben.

Nataschas Wahrsagekugel!

Ohne eine weitere Sekunde zu zögern stürze ich todesmutig hinein um Natascha zu retten.

Shiva bellend hinterher.

Zu meiner Überraschung ist das enge Wahrsagekabuff brechend voll mit Schaustellern vom Spreepark. Sie quatschen aufgeregt kreuz und quer. Ich komme gerade rechtzeitig um zu beobachten, wie Natascha einem bärtigen Riesen eine schallende Backpfeife verpasst.

Ich handle augenblicklich.

»Fass, Shiva!«, rufe ich und gebe meinem Hund einen kräftigen Schubs in Richtung Kugel-Attentäter. Shiva verbeißt sich erfreut in sein Hosenbein.

Große Typen haben häufig Angst vor kleinen Hunden, habe ich mal gelesen. Panisch versucht der Kerl Shiva abzuschütteln.

Keine Chance.

Wie sagte der liebe Walter noch? Dackel sind in Wirklichkeit Jagdhunde. Stimmt hundertprozentig.

Einige der Leute klatschen belustigt.

Ich lache stolz. Auf Shiva ist Verlass.

»Shiva, sofort Platz!«, befiehlt eine wohl bekannte Stimme aus dem Halbdunkel.

Augenblicklich lässt Shiva von dem Riesen ab und setzt sich artig auf ihre Pfoten. Sie winselt bedauernd, dass der Spaß schon vorbei sein soll.

Der Übeltäter nutzt die Gelegenheit zur Flucht aus dem Hexenhaus.

Niko drängelt sich grinsend zu mir herüber. »Also, du hast einen zielsicheren Riecher für Ärger, Penny.«

Er beugt sich zu Shiva hinunter und streichelt sie.

Shiva wirft sich auf den Rücken und lässt sich bereitwillig kraulen.

»Seit wann gibst du meinem Hund Befehle?!«, rufe ich empört. »Und was geht hier eigentlich vor?« In meinem Inneren braut sich ein Erdbeben, Stärke neun bis zehn, zusammen.

Natascha rettet die Situation.

»Danke für deine mutige Hilfe, Penny«, sagt sie und drückt mich innig. »Aber wir haben von unserem Verwalter eben erfahren, dass der Spreepark pleite ist und wir den Platz auf der Stelle räumen müssen. Der Gerichtsvollzieher ist schon im Anflug. Aus Wut hab ich erst meine Kugel durch die Scheibe gepfeffert und dann den Verwalter geohrfeigt. Ich hoffe, es ist niemandem etwas passiert.«

Ihre Augen füllen sich urplötzlich mit Tränen.

»Wir können verdammt noch mal gar nichts mehr gegen die Kündigung tun«, sagt sie mit zittriger Stimme. »Wo sollen wir bloß hin?«

Sie dreht sich abrupt weg. Bestimmt ist es ihr peinlich, dass man sie weinen sieht.

Kann ich gut verstehen.

Die Männer vom Spreepark kapieren das natürlich nicht. Sie starren Natascha mit einer Mischung aus Mitleid und Hilflosigkeit an.

»Los, Leute!«, ruft Niko entschlossen in die Runde. »Besprecht euch woanders.«

Er hält den Samtvorhang einladend zur Seite. Einer nach dem anderen verlässt mit gesenktem Kopf das Hexenhaus.

Schließlich bleiben nur Niko und ich übrig und natürlich Natascha. Ich bin ganz schön geplättet, dass sich auch die Älteren so selbstverständlich von Niko herumdirigieren lassen. Hätte ich ihm gar nicht zugetraut.

Unschlüssig stehen wir uns gegenüber.

Ich suche fieberhaft nach Worten, damit er nicht einfach aus meinem Leben verschwindet. Doch mein Mund ist wie zugeklebt.

»Also, ich könnte nach dem Schock eine frische Brise gebrauchen. Zeit habe ich ja jetzt jede Menge«, sagt Niko betont fröhlich. Aber seine Augen sind vor Sorge ganz schmal. »Hast du Lust auf einen kleinen Ausflug mit mir, Penny?« –

12

Ich weiß nicht, wann ich das letzte Mal am Müggelsee war.

Ich glaube, mit Mama und Papa zu meinem siebten Geburtstag.

Wir machten eine Fahrt mit dem Ausflugsdampfer und der Kapitän spielte zwei, drei Lieblingslieder von meiner Kinderkassette; anschließend gratulierte er mir über Megaphon zum Geburtstag. Alle Leute auf dem Dampfer klatschten und ich kriegte einen Schokoeisbecher mit Streusel umsonst.

Damals wünschte ich mir wie rasend einen richtigen Hund. Stattdessen bekam ich einen sündhaft teuren Dalmatiner von *Steiff* geschenkt. Aus Enttäuschung, dass dieses Stofftier weder bellen noch laufen konnte, schnappte ich mir einfach den Rettungsring, hievte ihn über Bord – was schrecklich schwierig war – und warf den Dalmatiner hinterher!

Da es bei mir an allen Ecken und Enden brennt, haben Niko und ich ausreichend Gesprächsstoff für die lange S-Bahnfahrt. Ich erzähle ihm die ganze Jugendamtstory rauf und runter und dass ich zu Papa nach Australien will.

Meine Angst, Niko würde auf die Küsserei in der Riesenkrake anspielen und es könnte peinlich werden, ist ganz umsonst.

Im Gegenteil ist er mir plötzlich so vertraut, als ob wir uns schon ewig kennen würden.

Als ich mit Niko an der S-Bahn Friedrichshagen aussteige, sieht dort wirklich noch alles haargenau so aus, wie ich es in Erinnerung habe, und ich wünsche mir für einen verrückten Augenblick, dass Papa und Mama mit ein paar gasgefüllten Luftballons unten an der Bölschestraße auf mich warten und Happy Birthday singen.

»Und was ist mit dir?«, frage ich neugierig, als wir hinunter Richtung See laufen. »Stimmt es wirklich, dass du deine Eltern gar nicht kennst und so weiter?«

Ich spüre, wie Niko schlagartig dichtmacht.

»Klar!«, antwortet er knapp. »Hast du ein Problem damit? Besser keine Eltern als Scheiß-Eltern.«

Das ist mehr als deutlich.

Schweigend laufen wir den Rest des Weges nebeneinander her.

Ich finde nicht, dass Niko Recht hat, aber ich sage lieber nicht laut, was ich denke. Nämlich, dass ich es absolut schrecklich finde, dass Niko nicht einmal weiß, auf *wen* er sauer ist.

Dagegen kommen mir die Probleme mit meiner eigenen Familie fast wie Kinderkram vor.

Ich bin froh, als wir am Bootssteg ankommen.

Shiva stürzt sich ins flache Wasser und erschreckt ein paar Enten mit ihrem Gekläffe zu Tode.

Die Enten sind aber so clever, schleunigst abzutauchen.

Es weht ein frischer Wind über den See und jede Menge Segelboote und Surfer tummeln sich darauf.

Niko steuert zielsicher eine im Wasser liegende hohe Schilfgruppe an und watet zwischen den Pflanzenstängeln herum.

Keine Ahnung, was er vorhat.

Ich bleibe sicherheitshalber in einiger Entfernung am Ufer stehen.

Shiva paddelt ihm neugierig hinterher, aber so ganz geheuer ist ihr diese Schwimmerei noch nicht. Sie hat im Gegenteil echte Mühe, nicht unterzugehen.

An einem dicken Seil zieht Niko ein komplettes Floß aus dem Schilf heraus. Sogar zwei Paddel und ein niedliches weißes Segel sind mit einem Seil darauf geschnürt.

Mir fallen fast die Augen aus dem Kopf.

»Bist du etwa Huckleberry Finn?«, rufe ich begeistert.

Die Geschichte von *Tom Sawyer und Huckleberry Finn* gehörte schon immer zu meinen Lieblingsbüchern.

Bestimmt tausendmal habe ich mir vorgestellt, wie ich mit haargenau so einem Floß den Mississippi rauf und runter paddeln und dabei den vorbeiziehenden Ausflugsdampfern zuwinken würde.

»Kenne ich nicht, den Typen. Aber das Floß ist Marke Eigenbau«, antwortet Niko stolz. »Ich fummle schon fast das ganze Jahr daran herum.«

»Absolut cool!« –

Ich latsche ohne Rücksicht auf meine Jeans ins Schilf und hieve mich mit den Ellbogen auf das Floß.

Niko pflanzt die strampelnde Shiva neben mich. Klatschnass, wie sie ist, drückt sie sich ängstlich an meine Seite.

Echt neu für mich, dass mein mutiger Dackel auf dem Wasser so eine Schissnase ist.

Wie soll das erst auf Papas Schiff mit ihr werden?

Auf dem Rücken liegend, mit offenen Augen, die heiße Sonne auf meiner Haut lasse ich mich ganz entspannt von Kapitän Niko weit hinaus auf den offenen Müggelsee manövrieren. Schließlich hisst Niko das weiße Segel und legt sich einfach zu mir. So nahe sind wir uns, dass ich die Wärme seiner Haut spüren kann. Aber wir berühren uns nicht.

Schweigend schauen wir hinauf in die rasenden Wolken.

In Gedanken lasse ich den Tag an mir vorüberziehen.

Enttäuschung auf der ganzen Linie.

Keine Rettung in Sicht.

Und zum Schluss bin ich auch noch Zeugin geworden, wie Natascha ihre Wahrsagekugel aus schierer Verzweiflung zerdepperte.

Wenn das keine schlechten Vorzeichen sind.

Auf der anderen Seite treibe ich ausgerechnet mit Niko auf einem Floß über den Müggelsee und fühle mich richtig gut dabei.

Das Auf und Ab der Wellen lullt mich ein, müde fallen mir die Augen zu.

Ich überlasse mich wohlig dem Schaukeln.

Als ich wieder aufwache, ist es schon Nacht. Über mir leuchtet ein gigantischer Sternenhimmel.

Wie lange habe ich denn nur geschlafen?

Niko hat das Floß ans Ufer gezogen und ist gerade dabei, es an einem Pfahl festzubinden. Shiva kaut hingebungsvoll an dem Seilende.

»Ich muss sofort nach Hause! Aylin sitzt bestimmt schon auf Kohlen.« Schlaftrunken springe ich auf und falle kopfüber von Bord. Blitzschnell schießt Niko vor und fängt mich im letzten Moment auf.

Ich könnte im Erdboden versinken vor Scham.

Obwohl ich wieder festen Boden unter den Füßen habe, hält er mich immer noch umfasst.

»Bleib noch einen kleinen Augenblick in meinem Arm«, bittet er mich mit einer ganz weichen Stimme.

Ich bemerke, wie sich die aufgehende Mondsichel in seinen dunklen Augen spiegelt.

Er wischt eine widerspenstige Strähne aus meinem Gesicht und streichelt meine Wange.

Ich wünsche mir plötzlich inbrünstig, dass er mich küsst.

Ich warte.

Nichts passiert.

Na gut.

Du hast es nicht anders gewollt, Niko.

Ich stelle mich auf die Zehenspitzen und gebe ihm einen Kuss, von dem ich hoffe, dass er ihn nicht so schnell vergisst.

Ich schwebe.

Mit Niko an der Hand durchquere ich die schützende Nebelwand der Wega und lande sicher auf unserem Stern.

13

Meine beste Freundin hat natürlich wieder einmal alles vorhergesehen.

Während ich mir noch meinen Kopf zermartere, wie ich mein spätes Kommen ihren besorgten Eltern erklären soll, und fieberhaft versuche mich mit Steinchenwürfen an ihr Zimmerfenster bemerkbar zu machen, ohne die restliche Konuk-Familie in Alarmbereitschaft zu versetzen, steht Aylin schon in Jogginganzug und mit Walkman auf den Ohren neben mir.

Ich kriege den Schreck meines Lebens.

»Ich lungere schon seit Stunden hier herum. Also, dein Nachmittag scheint ja ein voller Erfolg gewesen zu sein«, grinst sie. »Als Gegenleistung erwarte ich eine lückenlose Berichterstattung von dir!« Sie zieht mich vergnügt in den Hausflur.

Ohne Aylin wäre ich wirklich total aufgeschmissen.

Als ich auch zum Abendessen noch nicht zurück war, tischte sie ihren Eltern kurzerhand die Erklärung auf, ich sei bei meiner früheren Englischlehrerin netterweise als Babysitter eingesprungen, weil deren Mutter sich das Bein gebrochen hätte.

Auf so eine abwegige Story wäre ich selbst nie im Leben gekommen.

Aylin ist riesig stolz auf ihren Erfindungsgeist.

»Bring bloß nichts durcheinander!«, schärft sie mir ein, weil sie meine Fantasielosigkeit kennt. »Es könnte ja sein, dass Papa dich fragt, wie du mit dem Baby klargekommen bist.«

»Hast du denn nie Schiss, dass deine Eltern dahinterkommen?«, frage ich, als ich mich in der Küche über den leckeren Zucchiniauflauf hermache, den Frau Konuk mir in die Mikrowelle gestellt hat.

Mir schießt durch den Kopf, welches Chaos ich in meinem Leben nur mit einer einzigen Lüge angerichtet habe.

»Nö«, verneint Aylin überzeugt. »Überhaupt nicht. Wenn man es genau nimmt, tue ich meinen Eltern sogar einen Gefallen damit. Oder möchtest du ihnen lieber frank und frei ins Gesicht sagen, dass du den Nachmittag mit einem wildfremden Jungen verbracht hast? Meine Eltern leben in einer ganz anderen Welt. Da ist schon Küssen verboten, wenn man nicht verheiratet ist.«

Zweifellos hat Aylin Recht.

Aber alles hat seine zwei Seiten.

Frau Konuk zum Beispiel würde nie auf die Idee kommen, ihren Mann zu verlassen und Aylin einfach einen neuen Vater vor die Nase zu setzen. Ich spüre doch genau, dass sie meine Mutter unmöglich findet, auch wenn sie zu diskret ist, ihre Kritik laut auszusprechen.

Gerade deshalb schäme ich mich, sie zu täuschen. Denn sie behandelt mich so liebevoll, wie ich es mir eigentlich von meiner richtigen Mutter vergeblich wünsche.

»Na, hoffentlich geht das gut«, murmle ich zähneputzend meinem Spiegelbild zu.

Ich krabble wie früher mit Aylin unter eine Bettdecke.

Sie trägt immer noch den alten Schlafanzug mit den Bärchen darauf. Ohne den kann sie nicht einschlafen, behauptet sie.

»Fast hätte ich es vergessen. Deine Mutter hat angerufen. Ich habe auch ihr die Babysitter-Geschichte verkauft«, sagt Aylin gähnend.

»Mama? Was hat sie denn gesagt? Wollte sie mit mir sprechen?«, frage ich aufgekratzt.

»Nicht direkt«, antwortet Aylin zögernd.

Das Mitleid in ihrer Stimme ist nicht zu überhören.

»Sie hat mit meinen Eltern über diese Frau Stein gesprochen. Es scheint, dass sie ziemlich sauer war, dass du Walter beim Amt *angeschwärzt* hast. Sie ist aber damit einverstanden, dass du für eine Weile bei uns wohnst, und wollte Papa Geld für deinen Unterhalt überweisen. Er war richtig beleidigt deshalb. Meine Mutter glaubt übrigens nicht, dass sie in der Sache mit Shiva nachgibt. Sie will unbedingt, dass Walter bei euch einzieht. Würde mich nicht wundern, wenn sie demnächst die Scheidung einreicht.«

Wenn es nötig ist, kann Aylin schonungslos realistisch sein.

Ich kuschle mich schockiert in mein Kissen.

Aylin nimmt mich in den Arm und gibt mir einen Gutenachtkuss. »Jetzt schlaf mal schön und mach die Augen zu, meine süße Penny«, sagt sie im Babyton. »Morgen sieht die Welt schon ganz anders aus.«

Um sie zu beruhigen schließe ich die Augen und versuche gleichmäßig zu atmen. Minuten später höre ich Aylin leise vor sich hin schnarchen.

Ich selber liege neben ihr lange wach.

Erst im Morgengrauen fallen mir meine müden Lider zu.

Das erste Traumbild, das an mir vorüberschwebt, ist der Mond in Nikos dunklen Augen.

14

Jippieh, mein erster Tag bei *Flying Pizza!*

Aylins Bruder Cem musste bei seinem Chef ganz schön auf den Putz hauen, bis der mir die Mofaschlüssel aushändigte.

»Blamier mich nicht!«, zischt Cem mir ins Ohr und zwinkert mir aufmunternd zu. Damit düst er ab und lässt mich mit meiner Lieferung alleine stehen.

Meine Knie werden plötzlich weich wie Butter vor Aufregung. Wenn das bloß gut geht. Mein Orientierungssinn hält sich schwer in Grenzen.

Einmal Pizza Tunfisch XXLarge mit doppelt Ananas, dreimal Margherita extra scharf und eine Flasche Sekt.

Meine allererste Bestellung kommt von einer ziemlich schicken Adresse im Grunewald, Prinzenweg 26.

Ich habe keinen blassen Schimmer, wo das sein könnte.

Zuerst brauche ich etliche Anläufe, bis die Karre überhaupt anspringt und ich sie einigermaßen verkehrssicher lenken kann. Kein Vergleich mit dem leichtgängigen Mofa in unserer Schule.

Shiva hopst außerdem ständig in den beladenen Anhänger rein und wieder raus und treibt mich fast in den Wahnsinn. Sie hält meinen Job offenbar für ein aufregendes neues Spiel.

Dreimal hintereinander muss ich stehen bleiben, weil ich mich komplett verfranst habe. Aus Sorge, dass ich die alte Mühle nicht wieder ankriege, lasse ich den qualmenden Motor auf dem Bürgersteig weiterlaufen und ziehe mir den Hass umweltbewusster Fußgänger zu.

Der unverständliche Stadtplan, den ich mir für teures Geld an einem Kiosk kaufe, ist mir auch keine Hilfe. Gerade als ich völlig entnervt in einer Pizzeria nach dem Weg fragen will, kreuze ich den Prinzenweg.

Der Prinzenweg ist höchstens eine Prinzengasse. Kein Wunder also, dass ich an ihm vorbeigekurvt bin. Die Nummer 26 ist eine beeindruckende Jugendstilvilla.

Anscheinend Leute mit Kohle, frohlocke ich.

Also: Schnell ein üppiges Trinkgeld kassieren und dann weiterdüsen.

Vor der Haustür hängt ein geschniegelter Junge in Collegeklamotten herum, nicht viel älter als ich.

Meine Laune sinkt augenblicklich wieder in den Keller. Solche Typen kenne ich. Ich wette, der rennt jeden Sonntag mit Papi auf den Golfplatz.

Adieu, tolles Trinkgeld!

Ich bremse scharf und schalte einen Tick zu hastig in den ersten Gang runter. Sofort würge ich den Motor ab. Auch das noch. Diese halb automatische Schaltung hat echt ihre Tücken.

Ich fluche in mich hinein und bocke das Mofa so cool wie möglich auf.

Der Collegeboy bewegt sich in Zeitlupentempo in meine Richtung.

Von der Terrasse, die durch eine hohe Hecke blickgeschützt ist, klingt hysterisches Mädchenkreischen.

Das war ja klar.

Hier steigt eine Privatparty mit Kevin allein zu Haus.

»Hei, kommst du von *Flying Pizza?*«, fragt er überflüssigerweise und strahlt mich an.

Ich tippe mit dem Zeigefinger demonstrativ an die Schrift auf meinem Mofa. Bloß nicht zu viel Energie an die falschen Leute verschwenden, der Tag ist noch lang.

Ich fasse lässig nach hinten und fummle die Pizzas heraus. Shiva hat es sich mit ihrem Hinterteil auf der Sektflasche gemütlich gemacht. Aber mit ein paar Eiswürfel kriegt man das Zeug garantiert wieder kühl.

Ich schiele auf die angeklemmte Rechnung.

Achtunddreißig Euro und zwanzig Cent. Ist ja Wahnsinn. Im Supermarkt kriegt man das billiger. Aber das ist wirklich nicht mein Problem. Für einen kurzen Moment ringe ich mit mir, ob ich nicht einfach auf vierzig Euro aufrunden soll.

Leider bin ich wieder einmal nicht cool genug.

Grimmig über meine dümmliche Ehrlichkeit halte ich ihm die Pizzas mit dem Kassenzettel unter die Nase. Den Sekt stelle ich einfach auf die Straße.

»Na, dann viel Spaß mit der Babybrause.«

Der Junge nimmt mir die Pizzakartons ab und holt sein Portmonee aus der Hosentasche.

Ich versuche schon mal mein Mofa in Schwung zu kriegen.

Zeit ist Geld.

Vor Anstrengung laufe ich hochrot an.

»Diese halb automatischen Kisten haben echt ihre Tücken«, sagt er mitfühlend. »Stimmt übrigens so.« Er hält mir einen Fünfziger hin.

Über zehn Euro Trinkgeld. Ich sehe ihn fassungslos an.

»Nimm es schon!«

Das klingt ja fast bittend.

»Ja, danke«, sage ich mit einer Stimme, als hätte ich einen Frosch verschluckt.

Widerwillig stecke ich den Schein in meine Jacke.

Ehrlich. Will er mir damit ein schlechtes Gewissen machen?

Zum Glück bin ich nicht bestechlich.

Ich gebe Gas und brause in Höchstgeschwindigkeit davon.

Die nächste Tour verläuft glücklicherweise ganz entspannt.

Eine nette ältere Frau, die an ihrem Überbein operiert wurde und in einem grässlichen Spezialschuh an die Tür humpelt, hat Appetit auf einen gemischten Salat mit Schafskäse.

Sie zeigt mir ihre frische Wunde mit den Operationsnähten. Echt schockierend. Ich nehme mir vor, auf keinen Fall zu enge Schuhe zu tragen.

Die Frau bietet mir eine eiskalte Cola an und ich leiste ihr zum Trost beim Essen Gesellschaft.

Eine Spagettilieferung für fünf Personen am Prenzlauer Berg führt mich in das sechste Stockwerk. Der Altbau hat keinen Aufzug und ich pfeife aus dem letzten Loch, als ich oben bin. An der Tür empfangen mich vier lärmende Kids und eine völlig gestresste Kinderfrau.

Sie zweigt von ihrem eigenen Geld einen Euro Trinkgeld ab, weil sie mit der Hausherrin auf den Cent genau abrechnen muss. Bei ihrem desolaten Anblick bin ich heilfroh, dass ich nicht als Babysitter jobbe, sondern als Pizzafee durch die Stadt brause, und hüpfe die vielen Treppen erleichtert nach unten zu meinem Flitzer.

Erneut der Prinzenweg!

Zuerst glaube ich an einen Hörfehler, aber dann lese ich die Bestellung schwarz auf weiß.

Einmal Pizza Tunfisch XXLarge mit doppelt Ananas.

Diesmal bin ich schneller.

»Na, nicht satt geworden?«, frage ich spitz, als ich die Pizza dem Collegeboy aushändige.

Ich wage einen Blick zwischen den Efeuranken hindurch auf die Terrasse. Mehr als zwei verwaiste Liegestühle kann ich nicht erkennen.

Ich horche angestrengt. Außer Vogelgezwitscher kein Laut.

»Ist die Party *over?* Ein anderes Mal bestellst du besser Apfelsaft für deinen Kindergarten … Ich hoffe, du hast das Geld diesmal passend.«

Der Junge zählt gewissenhaft acht Eineuromünzen einzeln ab.

»Ich stehe selber nicht so wahnsinnig auf Party. Die Mädchen sind aus meiner Jahrgangsstufe und wollten gerne mal in unserem Pool schwimmen.«

Im Pool schwimmen. Schlimmer geht immer.

Ich entreiße ihm das Geld und schwinge mich auf den Sitz.

»Du musst ja förmlich gerast sein, so schnell warst du hier!« In seiner Stimme klingt echte Bewunderung durch.

»Machst du den Job schon lange?« –

Der Junge leidet offensichtlich unter Kommunikationszwang. Was soll diese indiskrete Frage? Ich interessiere mich doch auch nicht für seine Schuhgröße.

Am besten gar nicht darauf eingehen.

Ich lasse den Motor laut aufheulen.

»Na, dann vergiss deine Schwimmflügel nicht, wenn du mit dem Tunfisch im Pool baden gehst.«

Ich finde mich ehrlich witzig.

Der Junge verzieht für eine hundertstel Sekunde sein Gesicht, als ob ihm etwas wehtun würde. Dann lächelt er so gleichmütig wie vorher weiter und läuft ein kleines Stück mit.

»Vielen Dank für deine Mühe«, ruft er mir nach. »Vielleicht sehen wir uns ja mal wieder.«

Auf gar keinen Fall.

Ich stelle mich taub und gebe Fersengeld.

Ehrlich.

So anstrengend habe ich mir den Start in mein neues Leben nicht vorgestellt.

Dabei ist *Flying Pizza* nicht mein erster Job.

Ganz früher habe ich in Papas Restaurant die Tische

abgeräumt, um mein Taschengeld aufzubessern, oder stundenlang Essenreste von den Tellern gekratzt.

Letztes Jahr über Ostern durfte ich als Telefonistin in der Autovermietung aushelfen. Da riefen täglich jede Menge schräge Typen an, aber ich kam gut mit ihnen klar.

Nicht zu vergessen mein Gespensterjob in der Geisterbahn.

Aber was ich hier an meinem ersten Arbeitstag erlebe, geht auf keine Kuhhaut. Der Collegejunge beordert mich insgesamt noch weitere zwei Mal in den Prinzenweg!

Jedes Mal will er Pizza Tunfisch XXLarge mit doppelt Ananas.

Bereits bei der dritten Lieferung beginne ich mir fast gegen meinen Willen echte Sorgen um ihn zu machen.

Abgesehen davon dass er eigentlich nicht aussieht, als würde er sich von morgens bis abends mit Junkfood voll stopfen, kann diese Menge Tunfisch auf gar keinen Fall gesund sein.

»Sag mal«, frage ich vorsichtig, als ich ihm das Wechselgeld herausgebe. »Hast du eigentlich schon mal was von Schwermetallen im Tunfisch gehört? Quecksilber und so weiter? Man soll nämlich eigentlich höchstens ein- bis zweimal im Monat solche Fische essen.«

Nach meinen Berechnungen muss er mittlerweile mehr Quecksilber in seinen Körper aufgenommen haben, als in ein Fieberthermometer passt.

Ich hole also eine gefaltete Speisekarte aus meiner Seitentasche und halte sie ihm hin. »Hier, schenke ich dir. Wir haben auch andere Gerichte im Angebot, der

Salat mit Schafskäse zum Beispiel ist wirklich lecker und am Mittwoch kosten alle Nudelgerichte nur die Hälfte.«

Der Junge macht keine Anstalten, den Flyer anzunehmen. Vielleicht ist er Analphabet. Das soll in den besten Familien vorkommen.

Ich beginne ihm also der Reihe nach alle Gerichte unserer Speisekarte vorzulesen. »… Ich selber finde ja am allerbesten Quattro Stagioni mit Champignons und Rucola. Das schmeckt schön frisch.« –

»Toll, dass du dir Sorgen um meine Gesundheit machst. Das ist schon mehr, als ich erwarten durfte. Aber ich kann einfach nicht genug von eurer Tunfischpizza kriegen. Trotzdem vielen Dank für deine Mühe.«

Was meint er denn mit: *mehr als ich erwarten durfte?* Ich verstehe nur Bahnhof. Doch wie sagt Papa immer: Des Menschen Wille ist sein Himmelreich.

Soll er Tunfisch mampfen, bis er umkippt.

Gerade als meine Schicht zu Ende geht, bittet mich der Chef, noch eben eine letzte Runde zu drehen. Er sei höchst zufrieden mit mir, tätschelt mir mit seinen mehligen Fingern die Wange und drückt mir fünf Euro Trinkgeld extra in die Hand. Der Kunde habe ausdrücklich nach mir gefragt.

Eigentlich reicht mir die Herumkurverei für heute. Mein leerer Magen knurrt bis nach Australien.

Ich checke die Bestellung.

Pizza Tunfisch XXLarge mit doppelt Ananas, Quattro Stagioni mit frischen Champignons und Rucola und einen gemischten Salat mit Schafskäse.

Ich kriege so einen Hals.

»Wird erledigt, Chef.«

Shiva schläft friedlich hinten im Anhänger. Ich werfe die Pizzas und den Salat achtlos neben sie und schwinge mich grimmig aufs Mofa.

Manchmal stehe ich einfach länger auf der Leitung als andere Leute. Das merke ich nicht zum ersten Mal.

Ich bin jetzt felsenfest davon überzeugt, dass ich komplett an der Nase herumgeführt werde. Aylin hätte das sicher sofort bemerkt.

Kein normaler Mensch isst an einem Tag fünfmal Pizza Tunfisch XXLarge mit doppelt Ananas, ohne vor Ekel zu sterben.

Vermutlich handelt es sich um eines dieser bescheuerten Partyspiele à la *Versteckte Kamera* und die eingeladenen Blondies liegen bereits stundenlang mit der Videokamera auf der Lauer, um meine Dummheit minutiös zu dokumentieren.

Diesmal schaffe ich die Strecke in absoluter Rekordzeit.

Was ich zu tun habe, ist schnell erledigt.

Der Collegeboy ist nirgends zu sehen.

Vermutlich wird er im nächsten Moment wie Rumpelstilzchen aus der Hecke springen und den *Spaß* aufklären. Dann soll ich natürlich gute Miene zum bösen Spiel machen.

Das Tor zur Villa ist nur angelehnt.

Ich hole Shiva aus dem Transporter und lege sie an die Leine.

»Komm bitte rein, es ist offen!«, ruft der Junge von der Terrasse.

Als Partyschreck bin ich der reinste Knaller.

Ich stürme mit meiner Lieferung wütend die Festung.

Was mich auf der Terrasse erwartet, toppt alles.

Der Junge streckt mir seine Hand hin und sagt: »Ich glaube, ich habe mich noch gar nicht vorgestellt. Ich heiße Tom Grünberg. Und wie heißt du?«

»Penny. Einfach nur Penny«, antworte ich mechanisch und schaue mich erschüttert um.

Der Gartentisch ist so stilvoll gedeckt wie für ein Candlelight-Dinner. Weit hinten in dem riesigsten Garten, den ich jemals gesehen habe, erkenne ich den noch riesigeren Pool. Aus unsichtbaren Lautsprechern klingt ein Filmmusik-Ohrwurm.

So etwas kenne ich bis jetzt nur aus amerikanischen Liebesschnulzen und aus einer Zeitschrift von Mama mit dem Titel *Schöner Essen.*

Wobei ihr Kaninchenbraten-Festessen mit Walter im Vergleich hierzu wirkt wie ein verunglücktes Picknick auf einer Raststätte. Sogar ein Hundenapf mit frischem Wasser steht unter dem Tisch.

Bizarr! Außer dem Collegeboy kein Mensch weit und breit.

Ich glaube, ich sollte mich schleunigst vom Acker machen.

»Ich weiß schon, was du jetzt wahrscheinlich denkst«, sprudelt der Junge hastig los und verstellt mir den Rückweg.

»Penny, bitte hör mir zu, bevor du wegläufst. Es ist einfach … also … ich habe noch nie ein Mädchen getroffen, das ich so extrem toll finde, und mir ging die ganze Zeit durch den Kopf, dass ich dich unbedingt wiedersehen will. Leider fiel mir nichts Besseres ein, außer dauernd Pizza bei dir zu bestellen. Ich weiß selber, das war nicht besonders originell. Dann hatte ich plötzlich das Gefühl, meine einzige Chance ist, es dir offen zu sagen. Du bist ja selbst so geradeheraus. Ich würde gerne einfach ein wenig mit dir quatschen, ist nämlich verdammt öde hier, so allein. Dein Essen hast du dir ja eigentlich selber mitgebracht, aber wenigstens den Tisch habe ich schön für dich gedeckt. Dein Hund ist natürlich auch herzlich eingeladen.«

Er nimmt mir die Pizzakartons aus der Hand und verteilt die Pizzas hektisch auf die Teller.

»Bis auf einen winzigen Rest Schweizer Schokolade als Nachtisch konnte ich nämlich nichts Genießbares mehr in unserem Haus auftreiben. Meine Eltern sind gerade in Südafrika und ich wohne hier ganz allein. Ich hatte am Wochenende ein paar Kumpel zu Besuch. Seitdem ist der Kühlschrank komplett leer.«

Kann ich mir lebhaft vorstellen.

Irgendwie imponiert mir sein Mut. Aber ich bin doch nicht so blöd und bleibe.

Für wen hält der sich denn?

Für Brad Pitt?

»Ich hoffe, du hast nichts dagegen, wenn ich nur ein wenig Salat mitesse. Ich bin irgendwie schon satt. Frisst dein Hund zufällig Tunfischpizza?«

Seine froschgrünen Augen blicken mich flehentlich an.

Mein Magen meldet sich zu Wort und trifft die Entscheidung.

Ich sinke auf einen Stuhl und starre auf den liebevoll

gedeckten Tisch. Kerzenleuchter, edles Geschirr und eine Efeuranke auf dem weißen Tischtuch.

Höchst ungewöhnlich für einen Jungen seines Alters.

Das glaubt mir keiner, wenn ich das erzähle.

Nicht einmal Aylin.

»Weißt du was, Tom?« Ich höre, wie meine Stimme hysterisch wegkippt. »Du hast das totale Rad ab.«

Ich kriege so einen Lachanfall, dass ich fast vom Stuhl falle. Shiva heult verschreckt auf.

Tom stimmt erleichtert in mein Gelächter ein.

Hungrig wie eine Wölfin mache ich mich über meine duftende Lieblingspizza und den köstlichen Schafskäsesalat her.

Anschließend teile ich mir mit Shiva die Tunfisch-XXL.

Der arme Tom wird sogar beim Zusehen blass um die Nase.

»Deine Eltern scheinen ja gut Geld zu haben. Was machen die denn in Südafrika?«, frage ich mit kauenden Backen.

»Mein Vater ist von Beruf Schiffsmakler. Er trifft einen Geschäftspartner in Johannesburg und meine Mutter begleitet ihn einfach aus Spaß. Früher war ich auch auf seinen Reisen überall mit dabei. Aber seit kurzem hab ich nicht mehr so den Draht zu meinen Eltern …«

Kommt mir bekannt vor, das Problem. Sofort wird der Junge mir sympathisch.

»Schiffsmakler?«, wiederhole ich nachdenklich. »Kennst du zufällig die *Queen of Seas?* Auf der arbeitet mein Vater als Koch. Er kocht sogar ab und zu für das englische Königshaus.«

Zu meinem allergrößten Entzücken nickt Tom.

»Klar. Ich kann dir sogar Fotos zeigen. Meine Eltern haben mal mit mir eine Kreuzfahrt auf der *Queen of Seas* gemacht. War total langweilig.«

Er steht auf und kommt Augenblicke später mit einem dicken Album wieder. Ich stürze mich voller Neugier darauf.

Ich erkenne einen kleinen zahnlosen Jungen in Badehose mit Schwimmreifen, der von einem herrlichen Passagierschiff in die Kamera winkt.

»Ist ja süß«, quietsche ich. »Bist du das?«

Ich konzentriere mich ganz auf das Foto und versuche alle Details des Luxusliners in meinem Gedächtnis abzuspeichern.

Spontan schließe ich die Augen und starte ein Experiment.

Die *Queen of Seas* gleitet sacht durch die Wellen. Passagiere flanieren entspannt über Deck.

Direkt vorne am Bug steht mein Papa mit einem weißen Panamahut auf dem Kopf und pafft gemütlich eine dicke Zigarre.

Überraschend tauche ich in einem weißen Sommerkleid an Deck auf. Ich stelle mich strahlend neben meinen Vater und er legt seinen Arm um meine Schulter. Gemeinsam spucken wir hinunter in die tosende Gischt und lachen uns beide kringelig.

Schön!

Ich öffne nur ungern wieder die Augen.

Tom starrt mich an, als wäre ich das siebte Weltwunder.

Ich ahne es, Sekunden bevor er loslegt.

»Ich finde dich wirklich total süß«, sagt er hingerissen. »Hast du eigentlich schon einen festen Freund? Ich würde unheimlich gerne mit dir zusammen sein.« –

Ich seufze so laut, dass man es bestimmt bis nach Australien hören kann. Dieses Geständnis hat mir in meinem Lebenschaos gerade noch gefehlt.

15

»Deine Mutter hat heute Mittag einen Koffer mit Sachen für dich vorbeigebracht«, begrüßt mich Aylin bereits an der Haustür. »Sie lässt dir ausrichten, dass sie mit Walter für ein paar Tage zum Wandern fährt und notfalls über sein Handy zu erreichen ist. – Und dieser Irre verstopft meine Mailbox mit Liebesschwüren für dich. Das nächste Mal fragst du mich, bevor du meine Nummer bei *Flying Pizza* auf die Speisekarte schreibst.«

Ich komme an meinem zweiten Arbeitstag total kaputt bei Aylin zu Hause an und schmeiße mich in meinen stinkenden Klamotten quer übers Bett.

Acht Stunden können echt lang sein. Ich weiß wirklich nicht, wie man das 40 Jahre aushalten soll. Ich glaube, ich werde nicht Dolmetscher, sondern Übersetzer. Das kann ich zur Not auch vom Bett aus regeln.

Dass Mama ausgerechnet jetzt verreist, finde ich typisch für sie. So geht sie jedem Stress mit mir aus dem Weg. Ich werde doch nie im Leben auf Walters Handy anrufen, das weiß sie ganz genau.

Ich ziehe mich aus und schleppe mich in die Dusche. Shiva springt begeistert hinterher. Sie ist der einzige Hund, den ich kenne, der freiwillig badet.

Aylin liest mir Toms SMS lautstark vor.

Es sind sage und schreibe fünfzehn Stück. Eigentlich ein richtiger niedlicher Brief, in dem er von unserem gestrigen Abend schwärmt, als hätte er zusammen mit Cameron Diaz ein romantisches Fünf-Gänge-Menü geschlemmt. Dabei war ihm die meiste Zeit kotzübel von dem Tunfisch.

»Ein Briefumschlag mit 'ner Marke darauf wäre billiger gewesen«, stellt Aylin sachlich fest.

»Ich habe ihm deine Nummer nur gegeben, weil er sonst bestimmt wieder den ganzen Tag Pizza bestellt hätte«, verteidige ich mich, während ich mich kalt abdusche. »Noch einmal so eine Aktion halte ich auf keinen Fall aus.«

Der eisige Strahl durchbohrt meine Haut und ich quietsche wie ein Schwein. Shiva sucht bellend das Weite.

Aylin packt Shiva und beginnt sie trocken zu fönen. Shiva flüchtet sich erschöpft unters Bett. Für sie ist der Tag gelaufen.

»Wieso, ist doch cool; kurbelt den Umsatz an und du kriegst mehr Prozente.« Aylin wühlt in meinem Koffer nach etwas Passendem für mich zum Anziehen. Eigentlich würde ich ja am liebsten gleich schlafen gehen.

»Hast du nicht gesagt, seine Eltern sind stinkreich? Halte dir den Typen auf jeden Fall warm. Vielleicht kann er dir das Geld für dein Ticket leihen.«

Ich schüttle heftig den Kopf. Manchmal hat Aylin

echt bescheuerte Ideen. So etwas kommt für mich überhaupt nicht infrage.

»Du hast ihm jedenfalls Hoffnungen gemacht. Sonst würde er sich nicht so ins Zeug legen«, beharrt Aylin.

Jetzt mal im Ernst.

Hab ich nicht.

Ich habe mich zuerst total abweisend verhalten. Aber dann wurde der Abend mit Tom einfach richtig lustig.

Als es längst dunkel war und ich pappsatt, schleppte er eine gigantische Videoanlage auf die Terrasse und wir zappten *Star Wars* rauf und runter.

Ist das verschärft?

Aber noch besser gefielen mir die alten Buster-Keaton-Streifen mit Originalmusik von seinem Vater.

Tom hat ein absolut komisches Talent.

Er ahmte Buster Keaton so täuschend echt nach, dass ich mich über den Boden kugelte vor Lachen. Mir war sofort klar, dass er unbedingt Schauspieler werden muss.

Tom hatte bekümmert den Kopf geschüttelt. Keine Chance. Sein Vater will unbedingt, dass er studiert und in die Firma einsteigt.

Also, so etwas regt mich total auf. Was sind das denn für mittelalterliche Ansichten?

Eltern setzen Kinder in die Welt aus Lust und Liebe und geraten ganz aus dem Häuschen über die lieben Kleinen. Aber wenn der erste Lack ab ist, jubeln sie ihren Kindern spießige Jobs unter oder sie wollen sie sogar mit ungeliebten Verwandten verheiraten wie Aylins Vater. Oder sie setzen ihnen böse Stiefväter vor die Nase wie meine Mutter.

»Dieser Tom ist einfach schwer in Ordnung«, kläre ich Aylin auf. »Aber ich habe ihm knallhart gesagt, dass nichts laufen kann zwischen uns, weil ich in ein paar Wochen nach Australien auswandere. Ich will ihm ja nicht das Herz brechen!«

Aylin grinst hinterhältig. »Verstehe. Und dann hast du ihm sicher auch gleich erzählt, dass du außerdem bis über beide Ohren in einen anderen Jungen verliebt bist, in Niko nämlich, und dass du zuerst dem das Herz brechen willst. Oder hattest du das etwa schon wieder vergessen?« –

Schlagartig ist es wieder da, dieses Kribbeln in meinem Bauch.

In den letzten zwei hektischen Tagen hatte ich die Gedanken an Niko erfolgreich verdrängt.

Für ein paar verrückte Sekunden bilde ich mir ein, Nikos Lippen auf meiner Wange zu spüren.

Ich halte die Luft an, um das Gefühl möglichst lange auszukosten.

Aylin holt mich in die Wirklichkeit zurück.

»Ich bin mit Mariusz auf dem Rummel verabredet, er hat erzählt, dass die meisten Buden und Karussells bereits abgebaut sind. Nur das Riesenrad steht noch, das kriegen sie nicht wegtransportiert. Der Verwalter hat sich mit der Konkurskasse aus dem Staub gemacht, das Arsch. Heute gibt es die letzte Vollversammlung, anschließend ist Big-Party. Also, wenn du Lust hast. Ich war mir nicht sicher, ob du noch fit genug bist.«

Was für eine Frage.

In drei Minuten habe ich eine frische Jeans und einen Pullover an. Haare fönen ist bei meiner Mähne sowieso sinnlos. Ich binde mir ein freches Tuch um den Kopf und wir düsen los.

Shiva lassen wir zur Abwechslung zu Hause.

Sie schnarcht bereits völlig fertig vor sich hin.

16

Auf dem Rummelplatz ist der Teufel los.

In alle vier Himmelsrichtungen werden geschäftig rohe Planken, Leuchtreklamen und auseinander gebaute Schießbuden umhergetragen. Emsige Arbeiter klettern ohne Sicherheitsseile in Schwindel erregende Höhen, um Maste umzulegen und Planen einzurollen.

Zeit ist Geld.

Schaustellerkinder schrauben sorgfältig bunte Glühbirnen aus der Außenbeleuchtung der Riesenkrake und verstauen sie in mit Luft gefüllter Noppenfolie. Bis auf zwei, drei einsame Schienen ist nichts mehr von dem Karussell zu erkennen. Die riesigen Krakenarme sind bestimmt schon gestern mit einem der abfahrenden Lastwagen weggekarrt worden.

Die Versammlung ist in dem großen Zelt, in dem sonst die Tiershow stattfand. Auch hier ist die Bühne bereits abgebaut und die meisten Stühle sind hochgestellt. Die Schausteller stehen in Grüppchen zusammen, Handwerker in Lederhosen haben es sich auf den Sägespänen gemütlich gemacht.

Es riecht muffig nach Pferdemist.

Der Sprecher vor dem einzigen Mikrofon bemüht sich erfolglos um Gehör. Alle reden durcheinander. Es pfeift und knarrt aus dem Lautsprecher. Ein Clown auf Stelzen macht dem Spektakel ein Ende. Er zieht einfach den Stecker raus und beendet den offiziellen Teil des Treffens.

Jetzt erst sehe ich, dass direkt neben dem Clown Niko steht.

Wir schauen uns im selben Moment an.

Niko lächelt dieses absolut süße Lächeln in meine Richtung und vertieft sich in ein Gespräch mit dem Clown.

Mein Herz hüpft.

Soviel ich aus den Satzfetzen um mich herum mitbekomme, tauschen die Schausteller Tipps aus, in welcher Stadt der nächste lohnende Jahrmarkt läuft und wo man in Zukunft überwintern wird. Das betrifft ja eigentlich auch Niko, erschrecke ich kurz. Andererseits ist er ja kein typischer Schausteller. Einen neuen Job findet er doch überall in der Stadt.

Endlich erblickt Aylin Mariusz am Seiteneingang und stürzt zu ihm hin. Er steht mit Natascha und ein paar Ganzkörper-tätowierten Männern zusammen. Dem einen hängt außerdem ein Furcht erregend großer Piercingring unter der Nase.

Natascha umarmt mich so innig wie eine alte Bekannte.

»Was macht dein Fuß, Penny? Wieder alles im Lot?«, fragt sie fürsorglich. »Ich habe gerade mein Hexenhaus verkauft und gutes Geld dafür bekommen.« Sie wedelt mit einem dicken Kuvert.

»Ralph baut es sich als Tätowierstübchen vor dem Ostbahnhof auf. Ich könnte mir vorstellen, dass das eine echte Marktlücke ist. Bis jetzt ging man zwischen zwei Anschlusszügen schnell mal zum Friseur oder zu McDonald's. Jetzt lässt sich der Reisende in Ralphs Hexenhäuschen Herzen tätowieren. Ist doch viel schicker!«

Irgendwie bin ich erleichtert, dass Nataschas Hexenhaus nicht komplett abgerissen wird. Hätte ich traurig gefunden.

Die anderen Buden wurden bereits von einer Sperrmüllfirma entsorgt.

»Und du?«, fragt Mariusz. »Hast du selber schon einen Plan? Probier es doch mal auf dem Flughafen oder bei der Börse. Da machst du sicher einen Superumsatz.«

Natascha kichert. »Nein danke. Ich brauche nette Leute und gute Stimmung um mich herum. Sonst sehe ich nur schwarze Löcher. Vielleicht gehe ich für einige Zeit ins Ausland, in den Süden von Frankreich zum Beispiel. Dort ist es schön warm und es gibt viele gute Artisten. Ich bin mit dem Direktor vom *Cirque des Étoiles* befreundet. Er hat mir ein Angebot gemacht, das ich kaum ausschlagen kann. Zufällig sucht er händeringend nach neuen Mitarbeitern. Niko habe ich auch schon an ihn vermittelt.«

Sie stellt sich auf die Zehenspitzen und winkt in Nikos Richtung. Der verabschiedet sich gerade mit Handschlag von dem Clown und schlendert zu uns herüber.

Ich habe ein Gefühl, als hätte mir gerade jemand mit der Faust in den Magen geschlagen. Unwillkürlich presse ich die Hand dagegen. Auf meiner Stirn sammeln sich Schweißperlen.

»Hier, unsere Reisekasse!«, begrüßt Natascha Niko überschwänglich. »Wir können sofort aufbrechen.« Sie zieht seinen Kopf mit ihren Händen an sich und drückt ihm enthusiastisch einen Kuss mitten auf den Mund.

Aylin fallen fast ihre großen Augen aus dem Kopf. Man kann förmlich sehen, wie es in ihrem Hirn zu rattern beginnt.

»Das ist ja prima«, sagt Niko. »Glückwunsch!« Er sieht mich forschend an. »Alles o.k., Penny? Du schwitzt ja so. Nicht dass du wieder umkippst.«

Natascha will sich besorgt einmischen.

Aber Aylin ist schneller. »Stimmt. Hier drin ist es furchtbar stickig und Pennys Kreislauf ist schon den ganzen Tag im Keller. Am besten du gehst mit ihr raus zum Luftschnappen.«

Sie schiebt Niko und mich resolut zum Zeltausgang. So bestimmend ist sie, dass wir ihr beide willenlos gehorchen.

Der frische Wind pustet mich wohltuend durch. Wir laufen eine Weile wortlos nebeneinander her.

»Geht's wieder besser?«, fragt Niko mitfühlend.

Er legt behutsam seine Hand auf meine Schulter. Ich schüttle ihn wie elektrisiert ab und verschränke meine Arme. Aufgewühlt bleibe ich stehen.

»Ich wünsche dir viel Spaß in Frankreich!«, krächze ich.

Vor Aufregung bleibt mir die Stimme weg und ich höre mich an wie als Gespenst zu besten Geisterbahnzeiten.

Niko sieht mich verblüfft an.

»Was ist los mit dir, Penny?« –

»Ich wünsche dir viel Spaß in Frankreich!«, wiederhole ich hartnäckig.

Peng!

Da ist sie, die Giftschlange Eifersucht.

Ich sehe seinen ratlosen Blick und bin plötzlich auf mich selber wütend. Gleichzeitig beginne ich so zu zittern, dass meine Zähne aufeinander schlagen.

Gleich kippe ich um.

Niko zieht mich zärtlich an sich. »Ich verstehe dich nicht. Wie meinst du das? Es ist doch noch gar nicht sicher, dass ich wegfahre. Denn eigentlich habe ich momentan gar keine Lust, von hier abzuhauen. Du weißt doch genau warum.«

Er küsst mich so ungestüm, dass ich von oben bis unten eine Gänsehaut bekomme.

Verdammt. Ich weiß wirklich nicht, ob ich diesen Jungen weiterküssen oder auf der Stelle in die Wüste schicken soll.

»Ich könnte dich ewig einfach nur küssen«, flüstert er mir ins Ohr.

Ich entscheide mich spontan für eine dritte Möglichkeit.

»Du hast mich ganz falsch verstanden, Niko«, lache ich scheinbar gelassen und schiebe ihn ein Stück von mir weg. »Denkst du etwa, ich bin eifersüchtig, weil du mit Natascha abhaust? Damit liegst du bei mir völlig daneben. Ich bin doch nicht so spießig drauf wie Aylin und Mariusz. Solange wir beide zusammen sind, sind wir eben zusammen. Und wenn du abhaust, haust du eben ab. Schluss und aus. Wo ist da das Problem?«

Ich presse mein Gesicht an seinen Hals, damit er meine aufsteigenden Tränen nicht bemerkt.

Niko atmet erleichtert durch. »Ist das wirklich wahr? Mit fällt ein Stein vom Herzen. Ich habe schon gedacht, du machst jetzt mit mir Schluss. Da läuft nichts zwischen Natascha und mir, Ehrenwort! Aber trotzdem. Mit Liebe und dem ganzen Scheiß habe ich einfach nichts am Hut, weißt du? Und ich bin extrem froh, dass du genauso darüber denkst. Dieses Gequatsche von ewiger Treue und so weiter. Das kann mir doch keiner erzählen. Das ist doch ein großer Bluff. Liebe kommt und geht. Aus den Augen, aus dem Sinn. Da braucht man sich bloß mal umzuschauen.«

Er redet sich richtig in Fahrt.

Mein Hals fühlt sich an wie ein Reibeisen. Diese Sätze kommen mir auf unheimliche Weise bekannt vor. Es sind *meine* eigenen unausgesprochenen Gedanken.

Es ist wie ein Albtraum. Ich kann kaum noch schlucken und stöhne vor Schmerz leise auf.

Niko unterbricht sich mitten im Satz und schaut mich besorgt an. »Mensch, Penny. Jetzt guck doch nicht so besorgt. Keine Angst. Ich bin nicht der Typ, der klammert. Wir unternehmen jetzt eine kleine Kletterpartie. Damit dein Kreislauf wieder in Schwung kommt.«

Niko zieht mich quer über den Rummelplatz zum Riesenrad.

Mir bleibt nichts anderes übrig als mitzulaufen. Alles, was ich jetzt noch sage, würde mich als komplett schizo outen.

Ich sitze in meiner eigenen *»Liebe? Nein danke!«*-Falle.

Das Riesenrad steht da wie eh und je.

Anscheinend kann man so ein hohes Ungetüm nicht so einfach abtransportieren.

Der Ticketschalter ist verschlossen, an seiner Tür klebt ein Kuckuck vom Gerichtsvollzieher. Niko kratzt daran herum.

»Ich bin echt gespannt, wie die Leute vom Amt das Ding auseinander bauen wollen. Schräubchenweise vermutlich.«

Seit die Kampfhunde Shiva angefallen haben und ich aus vierzig Meter Höhe hilflos dabei zusehen musste, bin ich nicht mehr hier gewesen. So unbeleuchtet sieht das Riesenrad unnahbar und gruselig aus. Die Drahtseile über den dunkelgrünen Gondeln knarren im Wind.

»Bist du schwindelfrei?«, fragt Niko.

Ohne meine Antwort abzuwarten klettert er an dem Außengestänge auf das Dach der ersten Gondel, von dort auf die zweite und so weiter. Ich schaue ihm sprachlos hinterher.

Was zum Teufel hat er vor?

Auf eine so gefährliche Kletterpartie habe ich null Bock.

Jetzt hält Niko zum ersten Mal nach mir Ausschau.

»Wo bleibst du denn?«, ruft er ungeduldig. »Komm herauf!«

Fast wie in Trance gehorche ich.

Er gibt mir präzise Anweisungen, wo ich hintreten muss.

Wenn man das Prinzip einmal verstanden hat, ist das Hinaufklettern tatsächlich kein Problem.

Endlich erreiche ich ihn.

Ich schaue nach unten auf den Rummel. Wir sind ungefähr zehn Meter über dem Erdboden. So hoch oben war ich erst ein einziges Mal auf unserem Sprungturm im Schwimmbad.

»Na, was sagst du?«, fragt Niko erwartungsvoll.

Erst allmählich gewöhnt sich mein Blick an die Tiefe. Es ist ein gewaltiger Unterschied, ob man *in* der sicheren Gondel sitzt oder *auf* ihr.

»Geil!«, sage ich und meine es ehrlich. »Geil, aber saugefährlich.«

Niko grinst geheimnisvoll. »Na, dann pass mal auf.«

Was hat er denn noch auf Lager?

Er beugt sich hinunter zur Kabinentür und öffnet sie mit einem Vierkantschlüssel, den er aus der Hosentasche zieht. Mit einem Satz springt er in das Innere der Gondel und hilft mir hinein.

»Willkommen in meinem Zuhause«, sagt er stolz.

Ich bin sprachlos.

Die Gondel, die mir zuletzt wie ein furchtbarer Käfig vorkam, hat sich in eine komplett eingerichtete kleine Kajüte verwandelt. Ich würde mich nicht wundern, wenn wir plötzlich in See stechen würden.

»Solange es noch einigermaßen warm bleibt und es nur ab und zu regnet, kann ich hier ungestört schlafen und zahle keinen Cent«, erklärt Niko. »Ich bin ja jetzt nicht nur meine Jobs los, sondern auch meinen Schlafplatz. Eine Wohnung kann ich mir momentan gar nicht leisten.«

Darüber, wo Niko bis jetzt gewohnt hat, habe ich mir noch gar keine Gedanken gemacht.

»Der Riesenkraken-Bernd hat mir diese kirgisischen

Teppiche geschenkt. Darauf kann man ganz weich liegen.«

Zum Beweis zieht er mich auf den Boden und rollt mit mir über den Jurtenteppich. Die Gondel beginnt leise zu schwanken und ich kreische ängstlich auf.

»Du bist hier sicher! Keine Angst. Gefällt dir unser Sternenbett?«, flüstert er mir ins Ohr.

Ich schaue hinauf in den Himmel.

Und wirklich.

Wieder einmal strahlen die Planeten um die Wette.

Bei dieser klaren Sicht erkenne ich sogar die Wega. Der Blick in die Sterne verfehlt auch diesmal seine Wirkung auf mich nicht. Ich atme tief durch und drücke mich eng an Nikos warme Haut. Ich erzähle ihm alles, was ich über die Wega weiß, und wir pressen unsere Körper ganz fest gegeneinander, um uns auf unserer Sternenreise nicht zu verlieren.

Unten auf dem Rummelplatz tobt bereits die wilde Spreepark-Fete. Aber wir beide bleiben lieber im sicheren Himmel.

Es ist spät.

Niko musste mich nicht besonders überreden, die Nacht bei ihm in der Gondel zu verbringen. Er klettert im Stockdunkeln hinunter und sagt Aylin Bescheid.

»Jetzt muss sich Aylin ja schon wieder eine Ausrede einfallen lassen!«, rufe ich ihm hinterher.

Aber, beruhige ich mein schlechtes Gewissen und kuschle mich gemütlich in den weichen Teppich, das macht ihr ja eigentlich Spaß.

17

Ich träume: *Niko und ich fliegen in unserer zu einem Spaceshuttle umgebauten Gondel durch dicke Spiralnebel und suchen vergeblich nach einer Möglichkeit zur Landung.*

Uns geht der Sprit aus. Schließlich entdeckt Niko einen verheißungsvollen neuen Stern. Aber seine Oberfläche erweist sich als unbewohnbar. Sie glüht vor Hitze und lässt unsere Schutzkollektoren schmelzen wie Schweizer Schokolade. Die Temperaturen in unserer Kabine erreichen astronomische Höhen, kochendes Kondenswasser tropft von den Geräten und versengt meine Haut. Wir küssen uns ein allerletztes Mal, denn wir wissen, dass wir sterben müssen. Niko öffnet die Kabinentür und Hand in Hand springen wir hinunter in den heißen Tod.

»Scheiße!« –

»Autsch!« –

Ich schrecke schmerzerfüllt hoch. Mein nackter Oberarm brennt wie der Teufel. Niko kniet neben mir, mit einem halb leeren Pappbecher Kaffee in der Hand, und tupft die schmerzende Stelle bekümmert mit einem Shirt trocken.

»So ein Mist, Penny. Tut es sehr weh?«

Erst jetzt kapiere ich, was passiert ist.

Niko hat vom Kiosk Kaffee und belegte Brötchen geholt und sie mühsam mit einem Flaschenzug hochgehievt, um mich mit einem leckeren Frühstück zu überraschen. Dabei hat er den frisch aufgebrühten Kaffee im allerletzten Moment über meine Haut gekippt.

»Sonst ist diese Plörre immer nur lauwarm«, beschwert sich Niko.

Er hält mir zum Trost ein Brötchen mit Kochschinken hin.

Weder mag ich Butter auf Brötchen noch esse ich Fleisch.

Aber das kann ich Niko jetzt unmöglich antun. Ich würge das erste Stück Schinken seit fast einem Jahr also tapfer hinunter. Die Leberwurststulle mit Gurke lehne ich dankend ab.

»Kein Wunder, dass du so mager bist, wenn du nichts Ordentliches isst«, belehrt mich Niko und verschlingt die Leberwurst mit einem Haps. Fast wie Shiva, kichere ich in mich hinein. Dabei fällt mir ein, dass mein süßer Hund zum allerersten Mal eine Nacht ohne mich verbracht hat.

»Das sagt meine Mutter auch immer.«

Niko grinst. »Da hat sie ausnahmsweise einmal Recht.«

Erst jetzt bemerke ich das Grübchen an seinem Kinn. Sieht extrem niedlich aus.

Ich sehe an mir hinunter. Mager. So eine Unverschämtheit! Ich bin nicht mager, sondern schlank. Ist doch nicht mein Problem, wenn Niko eher auf die üppigen Hüften von Natascha steht.

Peng! … Erwischt.

Plötzlich habe ich das Gefühl, dass ich ganz schnell von Niko weg muss. Sonst fange ich aus Blödheit einen riesigen Streit an. Außerdem will ich nicht schon in meiner ersten Woche bei *Flying Pizza* zu spät kommen.

»Ich muss los«, sage ich knapp.

Ich sammle meine Siebensachen zusammen, setze mein Tuch auf und springe auf.

»Warte doch. Nur noch einen Kuss.«

Niko umarmt mich so fest, dass ich fast keine Luft kriege.

Sofort bekomme ich Panik. Wir rangeln einen Augenblick und ich versuche mich aus seiner Umklammerung zu winden.

Keine Chance.

Niko lacht belustigt.

Mir steigen die Tränen in die Augen. »Lass mich sofort los! Ich hasse das.«

Niko glaubt immer noch, ich mache Spaß.

Plötzlich erinnere ich mich wieder deutlich an unser erstes schreckliches Kusserlebnis auf Mariusz' Party. Auch damals hat Niko mich gegen meinen Willen gepackt und festgehalten. Als ich mich zur Wehr setzte, fasste er das so lange als Spiel auf, bis ich ihm eine scheuerte.

Gerade bin ich zum zweiten Mal kurz davor.

Irgendetwas in meiner Stimme lässt Niko aufhorchen.

Er gibt mich frei.

Ich beginne hemmungslos zu weinen.

Niko reagiert zunächst total verständnislos. Und weil ich gerade sowieso in Fahrt bin, packe ich gleich noch die Kuss-Sache von damals auf den Tisch.

»Das war ein Spiel, Penny. Ein Spiel«, wiederholt er stur.

»Ein Spiel ist es nur, wenn beide dabei mitmachen«, widerspreche ich ihm heftig.

Niko antwortet nicht gleich.

»Mädchen mögen es doch normalerweise, wenn Typen zur Sache kommen«, sagt er schließlich. »Dieses dümmliche Gequatsche über Schule oder Klamotten oder so, das ist nicht meine Welt. Außerdem habe ich ja nicht einmal einen richtigen Schulabschluss. Ich dachte mir, dich sofort zu küssen wäre auf jeden Fall überzeugender.« Er schaut mich vorwurfsvoll an, als ob *ich* einen Fehler gemacht hätte.

Ich kann kaum glauben, was für ein Schwachsinn in Jungen manchmal vorgeht.

»Das ist der größte Scheiß, den ich je gehört habe.« So böse wie möglich funkle ich ihn an.

»Hat ja auch nicht geklappt«, setzt Niko schuldbewusst hinterher und küsst vorsichtig meine tränennassen Wangen. »Es tut mir Leid. Ich wollte dich wirklich nicht erschrecken.«

Ich atme tief durch. Seine Augen schauen mich offen und erwartungsvoll an. Ich glaube ihm.

Wir küssen uns sehr, sehr lange.

»Aber im Nachhinein bist du doch auf mich hereingefallen!«, murmelt er frech.

»Du Arsch!«

Jetzt verpasse ich ihm seine längst verdiente Ohrfeige. Aber nicht sehr fest.

Der Kirchturm schlägt zehn Uhr.

Ich komme zu spät!

Niko rennt mit mir bis zur U-Bahn.

»Mit deinem Kopftuch siehst du aus wie die Frau des Piraten«, sagt er anerkennend. »Irgendwie cool.«

Ich gebe ihm einen allerletzten schnellen Abschiedskuss: »Ich *bin* die Piratin. Hast du das nicht gewusst?«

Und dann spurte ich los ohne mich nur einmal umzudrehen. Damit ich die nächste Bahn nicht auch verpasse.

18

Völlig außer Atem galoppiere ich bei *Flying Pizza* ein. Mein Chef erwartet mich schon ungeduldig mit einer ellenlangen Adressenliste.

Lauter langweilige Büros mit Schnittchenplatten.

Ich ziehe ein langes Gesicht, denn so viel habe ich schon mitgekriegt: Schreibtischfuzzis rechnen auf den Cent genau ab.

»Du musst heute für Cem einspringen«, weist er mich in die Bestellungen ein. »Ich habe so weit schon alles vorbereitet. Er hat vor einer halben Stunde angerufen, dass er heute nicht kommen kann. Irgendeine dringende Familiensache.« Er schaut mit neugierig an. »Was ist denn da los? Du wohnst doch im Augenblick bei den Konuks.«

Scheiße!

Prompt sitze ich wieder mal in der Klemme. Ich habe doch keinen blassen Schimmer. Vermutlich ist es am besten, wenn ich dem Chef wahrheitsgemäß erzähle, dass ich heute Nacht gar nicht dort war. Solange ich meine Arbeit erledige, kann ihm das ja eigentlich egal sein.

Er darf mich bloß nicht bei Cem anschwärzen.

»Ja, wie soll ich das erklären …«, stammle ich.

Mein Chef nickt verständnisvoll. »Ich verstehe schon. Du darfst nichts sagen. Familiensache eben. Na, hoffentlich hat Cem nichts mit 'nem Mädchen angefangen. Wäre schade, wenn ich meinen besten Angestellten auf diese Weise verlieren würde. Diese Türken sind da ja knallhart. Der Vater macht doch Mus aus ihm. Hatte schon mal so einen Messerwerfer hier in der Firma, mit Polizei und allen Schikanen. Wenn das so weitergeht, stelle ich überhaupt keine Ausländer mehr ein. Fällt womöglich noch auf mich zurück. Ich will ja nicht weiterbohren, aber für einen Tipp wäre ich dir trotzdem dankbar. Wir sollten sowieso noch mal über deine Provision sprechen. Du machst dich ja ganz prima.«

Er wedelt mit dem Bestellungszettel erwartungsvoll vor meiner Nase herum. Mir wird ganz heiß vor Schreck. Das Telefon erlöst mich aus meiner Not. Der Chef verschwindet mit einem Stapel ungeklärter Rechnungen nach hinten ins Büro.

Das kann dauern.

Ich schnappe mir die Mofaschlüssel von der Theke und belade in aller Eile den Hänger mit den Platten und zwei Kisten Sekt.

Mittlerweile springt der Motor sofort an.

Ich brause los.

Bereits in der nächsten Seitenstraße mache ich Halt und hüpfe in eine Telefonzelle. Kleingeld dafür leihe ich mir aus der Wechselkasse.

Aylins Mobiltelefon ist abgeschaltet und es geht sofort die Mailbox an.

Ich wähle die Festnummer der Konuks und bete, dass Aylin abnimmt und mir niemand aus der Familie peinliche Fragen über letzte Nacht stellt. Ich lasse es ewig lange durchklingeln, bis ich aus der Leitung fliege.

Merkwürdig.

Irgendjemand ist doch bei den Konuks immer zu Hause. Hoffentlich ist nichts passiert. Denn dass Cem eine Freundin haben soll, so wie der Chef vermutet, und deshalb dicke Luft herrscht, glaube ich nie und nimmer. Obwohl Cem schon zwanzig ist, benimmt er sich wie ein richtiger Milchbubi. Ich weiß nicht, ob der überhaupt schon einmal ein Mädchen geküsst hat. Aylin macht sich jedenfalls ständig darüber lustig. Soweit ich mich erinnere, konnten sich die beiden noch nie besonders gut leiden, aber in letzter Zeit haben sie nur noch Stress miteinander.

Sofort fällt mir im Gegensatz dazu Niko ein und es schauert mich wohlig. Unsere erste gemeinsame Nacht in der Sternengondel fand ich einfach gigantisch schön.

Im Moment aber bin ich ernsthaft alarmiert.

Ich habe beim Frühstück gesehen, dass Herr Konuk Tabletten gegen hohen Blutdruck nimmt. In meiner Fantasie stelle ich mir die gesamte Familie bereits um Papa Konuks Krankenlager versammelt vor. Die arme Frau Konuk! Hoffentlich stirbt ihr Mann nicht. Er ist ja eigentlich schon ziemlich alt. Jedenfalls im Vergleich zu Papa. Wahrscheinlich würde sie mit ihren Kindern zurück in die Türkei ziehen.

Was wird dann aus Aylin und Mariusz?

Am liebsten würde ich sofort die nächstgelegenen Krankenhäuser anrufen. Aber damit setze ich glatt meinen Job aufs Spiel. Ich suche fieberhaft nach einer Lösung.

Tom! Na klar. Der Junge hängt doch bestimmt zu Tode gelangweilt zu Hause herum. So ein kniffeliger Telefonjob ist genau das Richtige, um ihn ein bisschen auf Trab zu bringen.

Obwohl ich in Mathe eine Niete bin, habe ich ein ausgezeichnetes Gedächtnis für Zahlen.

Ich wähle seine Nummer fehlerlos.

»Wow! Ich glaube es nicht!«, ruft er in den Hörer. »Meine Traumfrau ruft mich an einem stinknormalen Mittwochvormittag an.«

O nein, kann dieser Junge peinlich sein. Ich werde sogar in der Telefonzelle rot. Es wundert mich überhaupt nicht, dass er mit dieser überspannten Nummer keine Freundin abkriegt. Mädchen mögen einfach lieber coole Jungs.

Leider habe ich jetzt keine Zeit, mit ihm darüber herumzustreiten, wie unmöglich er sich benimmt.

Ich kläre ihn so knapp wie möglich über die Situation auf und er ist gleich Feuer und Flamme.

»Am besten du gibst dich als Neffe, Onkel, oder was weiß ich, aus«, rate ich ihm. »Sonst geben die dir im Krankenhaus keine Auskunft.«

Wir verabreden, dass ich ihn so bald wie möglich wieder anrufe, spätestens aber in einer Stunde.

Ich lege zufrieden auf.

Eines muss ich ja sagen.

Auf Tom ist Verlass.

Es ist wirklich der Wahnsinn.

Sämtliche Telefonzellen, die ich in den nächsten zwei Stunden auf meiner Tour ansteuere, sind kaputt.

Wäre ich so ein Esoterikfreak wie Walter, würde ich wahrscheinlich von *»bad spirits«* sprechen, auf gut Deutsch: Die Telefonzelle ist verschnupft.

So verliere ich wertvolle Zeit. Womöglich liegt Herr Konuk schon im Koma.

Bei Siemens schließlich erbarmt sich eine Telefonistin aus der Zentrale und lässt mich bei Tom durchklingeln.

»Wieso rufst du nicht an, wie wir es ausgemacht haben?«, ruft er aufgebracht in den Hörer. »Ich sitze hier seit Stunden wie auf Kohlen. Warst du in Hollywood, oder was? Sind Mädchen immer so unzuverlässig?«

Hoppla! Auch die spießigsten Jungs sind immer wieder für eine unangenehme Überraschung gut. Also diese schrillen Töne lasse ich mir von Tom auf keinen Fall bieten.

»Hat dir eine Meise ins Hirn geschissen, du Knallkopf!«, brülle ich aufgebracht. »Das heißt erst mal Hallo und Guten Tag.«

Die Telefonistin schaut mich verwundert an und schüttelt den Kopf. Ich sehe ihr deutlich an, was sie von der heutigen Jugend hält. Tut mir echt Leid, aber ich kann auf ihre Gefühle im Moment keine Rücksicht nehmen.

»Deine Freundin Aylin hat sich kurz nach dir auf meinem Handy gemeldet«, brüllt Tom in der gleichen Lautstärke weiter. »Die Sache mit Mariusz ist auf einen Schlag aufgeflogen. Ihr Bruder hat ihr wahrscheinlich schon wochenlang hinterherspioniert. Sogar den

Übungsraum haben ihre Eltern entdeckt. Ihr Vater hat das Schlagzeug heute Morgen höchstpersönlich auf die Mülldeponie gebracht und flippt total herum. Aylin hat sogar Flugtickets gefunden, die auf ihren Bruder und sie selbst ausgestellt sind. Wahrscheinlich soll Cem sie erst mal zu ihren Verwandten in die Türkei bringen. Deshalb ist sie heute Früh einfach abgehauen. Sie hat mich angerufen, damit ich dir so schnell wie möglich Bescheid sage. Du sollst auf keinen Fall zu ihr nach Hause kommen. Es kann sein, dass ihr Vater und Cem schon hinter dir her sind um zu erfahren, wo Mariusz wohnt. Wahrscheinlich wollen sie ihm eine Abreibung verpassen. Aylin ist jetzt bei einem Typen namens Niko im Spreepark. Ich habe ihr angeboten, dass sie zu mir in die Villa zieht, aber sie will unbedingt zuerst mit ihrem Freund sprechen.«

Ich sinke fassungslos auf den nächstgelegenen Stuhl.

»Das kann doch alles nicht wahr sein«, stammle ich mit zittriger Stimme. »Wie kann denn so etwas passieren? Und wo ist Shiva im Augenblick?«

Die Telefonistin sieht mich so wissend an, als ob sie mein ganzes Unglück bereits vorausgeahnt hätte, als ich durch die Tür kam.

Tja.

Ich bin mir hundertprozentig sicher, dass *ihr* Leben in höchst geregelten Bahnen verläuft. Und wenn ich ganz ehrlich bin, wünsche auch ich mir momentan nichts sehnlicher als geordnete Langeweile für den Rest meines Daseins.

»Ich glaube, dein Hund ist auch bei Aylin. Penny, brauchst du Hilfe? Soll ich dich irgendwo abholen?«

Meine Nase hat vor Aufregung zu tropfen begonnen und ich schniefe in höchster Not in mein Hemd.

»Nee, lass mal lieber«, antworte ich unsicher. »Ich düse erst einmal allein in den Spreepark und checke aus, was da los ist. Ich melde mich wieder bei dir … Ach, und Tom: Danke wollte ich dir noch sagen. Ich habe das mit dem Knallkopf eben nicht so gemeint.«

Kurze Stille.

»Sag mal, dieser Niko?«, fragt Tom schließlich. »Ist das dein Freund?« –

Ich schweige, lege aber den Hörer nicht auf.

Tom schweigt ebenfalls.

Wir schweigen mindestens eine lange Minute.

So verrückt es sich anhört – aber sein spürbares Atmen am anderen Ende der Leitung beruhigt mich irgendwie.

Ich fange den ungeduldigen Blick der Telefonistin auf. Sie will endlich wieder an ihren Arbeitsplatz.

Ich seufze laut vor Kummer. Irgendwie habe ich ein Dauerabo auf Stress. Dann gebe ich mir einen Ruck und lege den Hörer auf.

19

Wie viele rote Ampeln gibt es eigentlich in Berlin?

Als ich auf dem Liefermofa von *Flying Pizza* Richtung Spreepark rase, fühle ich mich wie in einem echten Hollywoodschinken mit Keanu Reeves.

Schließlich habe ich gerade eine riesige Ladung Schnittchen und jede Menge Sekt gekidnappt, um meiner allerbesten Freundin beizustehen.

Auf meiner Arbeitsstelle kann ich mich nie mehr wieder blicken lassen. So ein verdammter Mist!

Sicher warten dort schon Cem und sein Vater ungeduldig auf meine Rückkehr …

Shivas Gebell würde ich überall wiedererkennen.

Ich fahre mit dem Liefermofa einfach quer über den Rummelplatz in ihre Richtung. Der Jahrmarkt sieht mittlerweile richtig hässlich und leer aus.

Nur das Riesenrad steht noch hoch und massig da, fast schon wie ein Relikt aus vergangenen Sommertagen.

Shiva springt mit einem gewaltigen Satz auf meinen Schoß und leckt mir stürmisch bellend über das Gesicht. Ich kreische laut auf und drücke sie vor Glück ganz fest an mich. Kann man einen kleinen Hund wirklich so schrecklich vermissen? –

Aylin und Mariusz sitzen eng aneinander gedrängt in der untersten Gondel. Aylins Gesicht ist leichenblass und sie zittert am ganzen Körper wie Espenlaub. Gerade klettert Niko aus seiner luftigen Wohnung mit einer Wolldecke nach unten und legt sie Aylin behutsam um die Schultern.

Mariusz schaut mich erleichtert an.

»Gut, dass du endlich da bist, Penny. Herr Konuk und Cem machen gerade die ganze Stadt rebellisch auf der Suche nach uns. Die sind ja komplett durchgeknallt. Sie behaupten, ich hätte ihre Tochter *entehrt.*

Absoluter Bullshit. Stell dir vor, Aylin soll diesen Cousin Metin in Istanbul heiraten. Das ist doch der reinste Horror.«

Ich setze mich neben Aylin auf die Bank, presse meine heiße Wange auf ihre eiskalte Haut und umschlinge sie mit meinen Armen.

So verharren wir wortlos und mit geschlossenen Augen.

»Ich will meine Eltern nie mehr wieder sehen«, schluchzt sie plötzlich auf. »Ich hasse meinen bescheuerten Vater.« Sie weint laut und ungestüm los. »Hättest du gedacht, dass Eltern so beschissen sein können?« –

Bilder aus meiner eigenen Erinnerung ziehen an mir vorüber. Papa und Mama im Restaurant, als ich noch ganz klein war, der tränenreiche Abschied von Papa im Hamburger Hafen, die erste Reise von Mama und mir auf Papas Schiff, die Kängurus im Nationalpark, Walter, der plötzlich ganz selbstverständlich in Papas Sessel sitzt. Und dazwischen immer wieder Streit.

Ich kann Aylins Kummer so gut verstehen, dass es mir fast das Herz zerreißt.

»Mein Vater ist beschissen, mein Vater ist total beschissen«, wiederholt sie monoton. Richtig unheimlich hört sich das an.

»Ab heute bleibst du ja bei mir«, tröstet sie Mariusz. »Ich habe dich sowieso am allerliebsten.« Auch seine Augen stehen voll Tränen.

Aylin drückt sich vertrauensvoll an ihn.

»So viel Gejammer hält ja kein Mensch aus«, meldet sich Niko überraschend ruppig zu Wort. »Ich hoffe, du flennst nicht auch los, Penny.«

Er hat die ganze Zeit abseits gesessen und an einer demolierten Lichtreklame herumgebastelt, die in der Aufbruchshektik von einem LKW gefallen war. Jetzt steht er plötzlich auf und läuft ungeduldig hin und her.

Ich werde einfach nicht schlau aus Niko. Warum ist er plötzlich so abweisend und harsch? Bei unserer Begrüßung hat er mich kaum berührt.

»Wie herzlos bist du denn drauf?«, frage ich empört. »Findest du Herrn Konuk etwa nicht ungerecht?«

Er verzieht skeptisch die Stirn.

»Ja natürlich. Andererseits kann ich nur immer wieder eines sagen: Wer sich auf andere verlässt, ist selber schuld. Und so wie Aylins Eltern drauf sind, kann sie froh sein, dass sie die für immer los ist. Je schneller sie das kapiert, umso besser für sie.« –

Aylin nickt fanatisch. »Stimmt haargenau, Niko. Und deshalb hasse ich meine Eltern ab heute total.«

Ich starre Aylin verwundert an. So kenne ich sie überhaupt nicht. »Was sagt denn eigentlich deine Mutter dazu, Aylin? Kann sie nicht mit deinem Vater reden?«

Mariusz antwortet an Aylins Stelle. »Stell dich doch nicht dümmer, als du bist, Penny. Man bekommt ja fast den Eindruck, du ergreifst plötzlich für die Konuks Partei.«

So ein Blödsinn. Man darf doch wohl noch nachfragen.

Ärgerlich sage ich eine Zeit lang gar nichts mehr.

Wie ich die Sache auch drehe und wende – ich kann mir nicht vorstellen, dass Aylin ihre Eltern einfach so aus ihrem Gedächtnis streicht wie eine alte Telefonnummer.

Nicht Aylin.

Gedankenvoll kicke ich eine leere Dose mit dem Fuß zur Seite; Shiva springt freudig hinterher und schnüffelt neugierig.

Ich grapsche die Dose unter ihrer Schnauze weg und werfe sie ein Stück weit. Laut bellend folgt Shiva dem Scheppern.

Niko drängelt sich dazwischen.

Eine Schrittlänge vor Shiva ist er da und schnappt sich das Blech. Mit der Dose in der Hand sprintet er um das Riesenrad herum. Shiva springt an ihm hoch wie ein Gummiball. Niko bleibt stehen und stellt die Dose grinsend oben auf die Gondel.

»Sei nicht fies!«, ruft Mariusz. Er rettet die Dose für Shiva und wirft sie weit weg über den Platz in ein Gebüsch. Shiva hechelt aufgeregt hinterher. Auf dem Weg verliert sie die Spur.

Winselnd kommt sie zurückgelaufen und schnüffelt überall nach der Dose. Wir lachen uns kringelig, weil sie dabei so witzig aussieht. So stelle ich mir ein Trüffelschwein vor.

»Ihr seid richtige Tierquäler«, ergreift Aylin Shivas Partei. Sie wickelt sich aus ihrer warmen Decke und kriecht auf allen vieren in das Gebüsch. Voller Kletten, aber mit der Dose in der Hand kommt sie wieder und gibt Shiva ihr Spielzeug zurück.

»Du lieber Hund«, sagt sie und krault Shiva liebevoll. »Lass dir bloß nichts gefallen. Du siehst ja, wohin das führt.«

Ihr Blick fällt auf mein abgestelltes Liefermofa. »Sag mal, Penny. Ist da eigentlich noch was Essbares drin?« –

Wir tafeln fürstlich.

Mit Schnittchen und Sekt besiegeln wir Aylins neue Freiheit.

Aylin, die sonst nie Alkohol trinkt, hat einen ziemlichen Schwips und schläft mittendrin ein.

Den restlichen Nachmittag hängen wir einfach nur entspannt im Park herum und toben zwischendurch mit Shiva.

Mir schießt plötzlich durch den Kopf, dass ich Tom gar nicht mehr angerufen habe. Ich bekomme ein richtig schlechtes Gewissen deshalb und nehme mir vor, mich gleich morgen Früh bei ihm zu melden.

Außerdem macht mir das Mofa ziemliche Sorgen. Wenn ich es nicht zurückbringe, ist das doch Diebstahl, oder?

»Alles halb so schlimm«, beruhigt mich Niko.

»Du stellst das Ding um die Ecke von *Flying Pizza* ab und steckst den Schlüssel in den Briefkasten. Wenn dein Chef nicht ganz beknackt ist, lässt er die Sache auf sich beruhen. Du bist doch Piratin von Beruf, oder? Da entert man zur Not halt auch mal Mofas, wenn kein Schiff in der Nähe ist.«

Er küsst mich innig auf meinen nackten Bauchnabel. Das kitzelt wie verrückt. Ich schließe genießerisch die Augen.

»Wo schlafen wir heute Nacht eigentlich?«, fragt Aylin in die Runde. »Bei Mariusz sind wir nicht sicher. Bestimmt hat Cem schon seine Adresse rausgekriegt. Und in Pennys Wohnung können wir schon gar nicht. Gerade weil ihre Mutter verreist ist, suchen meine Eltern dort ganz sicher zuerst. Passen wir denn alle in Nikos Luftschaukel?« –

»Auf gar keinen Fall«, antwortet Niko alarmiert. »Zu zweit ist es darin schon ziemlich eng.«

Na toll.

Heute Nacht hat Niko sich nicht über Platzmangel beklagt.

Ich rücke demonstrativ von ihm ab um ihm zu signalisieren, dass das keine besonders nette Bemerkung war.

Er beachtet mich nicht, sondern schaut über meine Schulter hinweg in eine ganz andere Richtung.

»Ich könnte Natascha fragen, ob sie noch eine Matratze oder einen Schlafsack übrig hat. Wenn es nicht regnet, kann man sogar im Freien auf der Wiese schlafen, so mild ist es im Augenblick. Da kommt sie übrigens gerade. Wir wollten die Frankreichgeschichte noch einmal genau durchsprechen.«

Ich drehe mich wie elektrisiert um.

Natascha trägt ein feuerrotes Kleid mit aufgestickten Pailletten. Barfuß, aber mit dem Gang einer Königin kommt sie über die grüne Wiese auf uns zu.

Niko steht eilig auf. »Es dauert nicht sehr lange.« Er küsst mich entschuldigend auf die Nase und läuft ihr entgegen.

Die beiden treffen sich genau in der Mitte der Wiese.

Soeben geht über ihren Köpfen die Abendsonne auf. In dem funkelnden Licht glitzert Natascha selber so schön wie ein fremder Stern.

Ich halte die Luft an.

Niko begrüßt Natascha mit einem Kuss auf die Wange und sie setzen sich nebeneinander auf das Gras. Natascha legt ihren Arm vertraut um Nikos Schulter.

»Im Freien schlafen?«, nörgelt Aylin inzwischen weiter. »Da kommen doch bestimmt alle möglichen Tiere angekrochen. Wahrscheinlich sogar Ratten und Mäuse. Das finde ich absolut eklig.«

Ich höre Natascha laut auflachen.

In meinem Kopf rauscht plötzlich ein ganzer Gebirgsbach.

»Ich kann genauso gut bei Tom übernachten, wenn du so Angst hast«, höre ich mich plötzlich mit ganz fremder Stimme sagen. »Das hat er mir am Telefon sowieso schon angeboten. Dann kannst du diese Nacht ganz entspannt in Nikos Gondel schlafen. Die Sterneguckerei ist ein echter Event, das könnt ihr mir glauben. Und Niko schläft bei Natascha. Bei der geht er ja sowieso ein und aus.«

Die grelle Abendsonne leuchtet mir mitten ins Gesicht und blendet mich für einen kurzen Moment. Ich halte mir schützend die Hand vor die Augen, weil ich spüre, wie sich unter meinen Lidern erste Tränen sammeln.

Aylin schaut mich ungläubig an. »Das würdest du im Ernst für mich tun? Du willst wirklich nicht lieber bei Niko bleiben heute Nacht?«

Ich lächle Aylin so locker wie möglich an.

»Darüber mach dir mal keine Gedanken. Du bist doch meine allerbeste Freundin.«

Aylin fällt mir um den Hals und küsst mich grenzenlos erleichtert auf den Mund.

Jäh schiebt sich eine dicke Wolke vor die Sonne und verwandelt alles um mich herum in ein tristes Grau.

Ich nehme die Hand von meinen Augen weg und sehe plötzlich wieder völlig klar.

Im gleichen Augenblick steht Niko neben mir.

»Alles geregelt mit Frankreich«, lächelt er mich an. »Aber einen Schlafsack hat Natascha nicht.«

20

»Tom? Wer ist Tom?!«, fragt Niko aufgebracht. »Du willst bei einem durchgeknallten Freak übernachten, nur weil Aylin Angst vor ein paar winzigen Spinnen hat? Das ist doch eine total bescheuerte Idee … Vermutlich ist der Typ auch noch in dich verknallt.«

Ich beschließe, mich nicht provozieren zu lassen, und antworte nicht. Stattdessen genieße ich meine Überlegenheit in vollen Zügen. Vielleicht, hoffe ich, ist Niko ja in Wirklichkeit genauso eifersüchtig wie ich – wenigstens ein ganz kleines bisschen.

Ich sollte diesen supercoolen Jungen noch eine Weile weiterzappeln lassen, bevor ich ihn erlöse. Von mir aus kann er mit einer ganzen Cheerleadergruppe auswandern – ich habe damit kein Problem.

Wenigstens momentan.

»Tom ist nicht gefährlich«, kämpft Aylin um ihren ungezieferfreien Schlafplatz. »Seine Eltern sind stinkreich und er wohnt gerade ganz alleine in einer schönen großen Villa mit Breitwandvideo. Er hat sogar schon auf der *Queen of Seas* Urlaub gemacht, auf dem Schiff von Pennys Vater. Bestimmt kann er für Penny irgendwelche coolen *Connections* knüpfen.« Aylin pufft mich Hilfe suchend in die Seite. »Steh doch nicht herum, als ob dich das nichts anginge. Es war ja schließlich deine Idee, dass ich mit Mariusz in der Gondel schlafe! Warum sagst du nicht auch mal was?«

Niko sieht mich einen Moment lang bestürzt an. »Ach, so ist das.« Seine Stimme bekommt plötzlich einen ganz harten Unterton. »Nicht Aylin will unbedingt in meiner Gondel schlafen, sondern du willst lieber bei Tom in der Bonzenvilla übernachten als mit mir auf dem Riesenrad. Jetzt verstehe ich! Wahrscheinlich bin ich manchmal einfach zu blöde für die Wahrheit. Warum sagst du mir nicht klipp und klar, woran ich bin?« Er beisst sich heftig auf seine Unterlippe. »Du bist tatsächlich härter drauf, als ich dachte, Penny. Alle Achtung! Noch gestern habe ich vermutet, du spielst mir deine Coolness nur gekonnt vor. Weil diese abgeklärte Art eigentlich überhaupt nicht zu dir passt. Da habe ich ja gerade noch einmal Glück gehabt! Ich konnte ja nicht ahnen, dass der nächste Typ schon in den Startlöchern lauert. Und ich Vollidiot wollte sogar auf meine Frankreichtour verzichten wegen dir. Na, wenn ich mich beeile, kann ich meine Entscheidung vielleicht noch rückgängig machen.«

Er dreht sich abrupt von mir weg und wischt sich mit dem Handrücken über die Augen.

Mir läuft es eiskalt über den Rücken.

Plötzlich erkenne ich, dass ich einen schrecklichen

Fehler gemacht habe. Ich hoffe, das ist alles nur ein böser Traum. Doch obwohl ich ahne, dass ich mich in der bitteren Realität befinde, kann ich mich wie in einem Albtraum weder bewegen noch artikulieren.

Ich bleibe im Gegenteil stumm wie ein Fisch.

Als Niko weiterredet, klingt seine Stimme extrem heiser.

Aber er spricht die Sätze, die ich jetzt auf gar keinen Fall hören will, trotzdem laut und deutlich aus.

Und jeder einzelne Buchstabe durchbohrt mein Herz.

»›Wir sind zusammen, solange wir zusammen sind‹, so ähnlich hast du es gesagt. ›Und wenn einer abhauen will, dann haut er eben ab. Und dann ist Schluss und aus.‹ Keine Sorge. Ich mach dir keinen Stress. So war es zwischen uns ausgemacht und ich halte mich daran.« –

Er drückt Aylin den Vierkantschlüssel für die Gondel in die Hand und setzt sich in Trab. Ich fange einen letzten Blick aus seinen Augen auf. Sie sind fast schwarz und blicken durch mich hindurch.

»Wir haben die Wegastrecke leider nicht mehr zurückgeschafft. Schade eigentlich«, sagt er so leise, dass nur ich es hören kann.

Mit diesen Worten verschwindet der süßeste Junge aller Zeiten aus meinem Leben und ich bin unfähig etwas dagegen zu tun.

21

Die Erdenstrecke Spreepark-Prinzenweg schaffe ich in neuer Rekordzeit. Zwei dösende Kaninchen retten sich im letzten Augenblick vor meinen Rädern in die Büsche und ich werde zum ersten Mal in meinem Leben geblitzt.

Ist mir alles scheißegal.

Einfach gar nichts spüren.

Das Nichts spüren.

Ich kreuze auf meiner fliegenden Untertasse durch die Meere von Zeit und Raum.

Mein Kopf ist vollkommen leer und ich empfinde endlich *gar nichts.*

Shiva springt erwartungsvoll aus dem Anhänger und läuft laut bellend zur Eingangspforte. Wahrscheinlich glaubt sie, es gibt wieder leckere Tunfischpizza.

Tom fällt aus allen Wolken, als ich bei ihm an der Tür Sturm klingle. Ich glaube beinahe, der Junge lag schon im Bett!

Jedenfalls trägt er einen kitschigen hellblauen Morgenmantel mit *»Der kleine Prinz«*-Motiven und darunter blitzt ein Schlafanzug mit kraushaarigen Schäfchen hervor.

Ich fasse es nicht.

»Hallo«, sage ich lässig. »Ist hier noch ein Zimmer frei?« –

Strahlend macht mir Tom in der Küche eine heiße Milch mit Honig und stopft mir das Heizkissen seiner

Mutter hinter den Rücken, denn ich schlottere wieder einmal so heftig wie auf einer Polarexpedition. Allerdings fühle ich mich nicht im Entferntesten so verwegen wie Robert Scott, sondern eher alt und schwach wie meine eigene Urgroßmutter.

Ich bringe ihn auf den neusten *Aylin*-Stand und kündige an, dass die beiden morgen zum Duschen vorbeikommen.

Für Shiva zerschnetzelt Tom allen Ernstes das sündhaft teure Filetsteak, das er für sein eigenes Mittagessen eingekauft hatte.

Sage ich doch. Dieser Typ ist völlig unmöglich.

Ich schaue mich um.

Rund um den Herd stapeln sich Dutzende kalter Pfannkuchen von daumendick bis hauchdünn, hellgelb bis verkohlt, kreisrund bis quadratisch.

»Bereitest du wieder eine Überraschungsparty vor oder eröffnest du demnächst eine Großküche?«, frage ich.

Tom schüttelt entschieden den Kopf. »Das Fetenthema ist endgültig durch. Nein, ich lerne gerade Kochen. Dazu übe ich ein Gericht so lange, bis ich es perfekt beherrsche. Und weil ich so gerne Pfannkuchen mit Ahornsirup esse, habe ich einfach mit diesem Rezept angefangen. Mittlerweile ist mir der Appetit auf Pfannkuchen allerdings genauso vergangen wie auf Tunfischpizza«, sagt er bekümmert. »Irgendetwas mache ich falsch.«

Ich kichere anhaltend. »Timing und vor allem das richtige Maß. Dieses Gefühl geht dir wie den meisten Menschen auf dieser Welt tatsächlich ganz und gar ab.

Damit wirst du dir noch jede Menge Ärger einhandeln.«

Tom zuckt gelassen mit den Achseln. »Kann schon sein. Momentan warte ich noch ganz entspannt ab. Aber was ist mit dir? Du selbst siehst auch nicht gerade aus, als hättest du in deinem Privatleben alles im Griff. Von deiner Familiengeschichte mal ganz abgesehen. Oder warum tauchst du mitten in der Nacht bei mir auf?«

Ich gehe schlagartig hoch wie eine Rakete.

»Siehste. Genau das meine ich«, zicke ich los. »Gerade jetzt ist bestimmt nicht der richtige Zeitpunkt, dich über mich lustig zu machen. Ich hatte den ganzen Tag totalen Stress und will einfach meine Ruhe.«

Tom blickt mich aus seinen froschgrünen Augen betroffen an und beginnt wortlos den Pfannkuchenfriedhof aufzuräumen. Sofort überfällt mich ein grottenschlechtes Gewissen. Ich habe wirklich keine Ahnung, warum sich dieser Typ ausgerechnet in mich verknallt hat.

Grund dafür gebe ich ihm jedenfalls keinen.

Ich seufze laut.

Tom dreht sich zu mir um. »Willst du mir nicht doch erzählen, was dich bedrückt? Ich mache dir auch eine zweite Milch mit Honig.«

Ich schüttle heftig meinen Kopf.

»Auf gar keinen Fall. Das Zeug liegt mir im Magen wie Wackersteine. Die Sache ist absolut banal, ich habe heute mit meinem Freund Schluss gemacht. Wurde mir auf die Dauer zu kompliziert, irgendwie. Außerdem hat er einen neuen Job in Frankreich … Ich düse demnächst Richtung Australien ab … Also, was soll's. So etwas geht doch nie gut. Weißt du: Wenn ich mit einem Typen zusammen bin, bin ich mit ihm zusammen, und wenn Schluss ist, dann ist eben Schluss. Liebe und der ganze Scheiß. Damit schlage ich mich nicht herum.«

Ich wippe so heftig auf meinem Stuhl auf und ab, dass ich beinahe das Gleichgewicht verliere und stürze.

»Dann habe ich ja wieder Chancen bei dir«, sagt Tom erfreut. »Das finde ich genial! – Und wenn du bei deinem Vater in Australien bist, mache ich einfach ein Praktikum bei einer Werft. So kann ich immer in deiner Nähe sein.«

Er aktiviert begeistert die Spülmaschine.

Dieser Junge hat den totalen Knall.

Aber das wusste ich ja von Anfang an.

Im Anhänger steht noch mein kleiner Koffer.

Die praktische Aylin hatte noch eilig zusammengepackt, was ihr zwischen die Finger kam. So habe ich wenigstens ein paar Shirts, Unterwäsche und eine frische Jeans.

Tom flitzt hinaus auf die unbeleuchtete Straße, um ihn mir hereinzubringen. Ich folge ihm bis in die Eingangshalle und betrachte mich in dem gerahmten Garderobenspiegel kritisch von allen Seiten.

Solche schwarzen Ringe unter den Augen kenne ich sonst nur von Mama, wenn sie Stress mit Papa hatte. Und dieser dicke Strich zwischen meinen Augenbrauen – ist das Schmutz oder etwa eine erste Falte?

Ich spucke auf meine Handfläche und reibe damit

so heftig auf meiner Stirn herum, bis die Haut ganz rot ist.

Der Strich bleibt haargenau an derselben Stelle.

Ich bin am Boden zerstört.

»Morgen Vormittag bringe ich dein Mofa zu *Flying Pizza,* damit du keine Schwierigkeiten mit der Polizei kriegst!«, ruft Tom soeben über die Schwelle tretend. »Außerdem wollte ich immer gerne mal mit so einem Ding herumkurven. Mein Vater erlaubt mir das nicht.« Er lässt den Koffer fallen und strahlt mich an. »Mein Gott, siehst du gerade süß aus. Ich bin ein echter Glückspilz!« Er stellt sich neben mich vor den Spiegel und schaut begeistert hinein. »Nun guck doch mal genau hin, Penny. Eigentlich passen wir richtig gut zusammen, oder?« –

Ich blicke zweifelnd in den Spiegel.

»Na, was sagst du?« Er legt demonstrativ seinen Kopf an meine Wange.

Plötzlich kommt mir ein völlig absurder Gedanke.

Und wenn ich Tom jetzt einfach küssen würde. Was wäre dann? Würde er sich in einen Frosch verwandeln oder stände plötzlich ein supertoller Prinz vor mir?

Ein wirklicher Traumboy?

Einer, in den man sich ohne Furcht verlieben könnte?

Ich beschließe der Sache hier und jetzt auf den Grund zu gehen. Meinen ganzen Mut zusammennehmend ziehe ich Tom an mich und küsse ihn erwartungsvoll.

Und küsse ihn. Und küsse ihn. Und fühle … gar nichts.

Außer zwei klebrigen Lippen und einer feuchten

Zunge, die sich auf ihre Entdeckungsreise durch meinen Mund begibt und unangenehm meinen Gaumen kitzelt, fühle ich tatsächlich – überhaupt nichts.

Enttäuscht reiße ich meine Lippen von den seinen los.

Tom öffnet seine Augen.

»Wow!« Er leckt sich mit der Zunge genießerisch die Lippen. »Das war ja der Hammer!«

Plötzlich bekomme ich keine Luft mehr und die Welt beginnt sich rasend schnell zu drehen wie auf einem Kettenkarussell. Ich taumle gegen den Spiegel und ritze meine Hand an seiner scharfen Kristallkante blutig.

Besorgt legt Tom den Arm um mich und bringt mich hinauf in das Gästezimmer.

Es ist so groß wie unsere ganze Wohnung zusammengerechnet und befindet sich direkt unter dem Dach.

»Bis meine Eltern aus Südafrika zurückkommen, kannst du auf jeden Fall hier wohnen bleiben. Danach ist vielleicht das Gartenhaus von meinem Opa frei.«

Ich nicke. Im Augenblick ist mir alles recht.

»Am allerwichtigsten ist natürlich, dass du einen neuen Job findest. Da hab ich aber auch schon eine Idee«, fährt Tom aufgeräumt fort.

Da bin ich mir sicher.

Er macht einen unschlüssigen Schritt auf mich zu.

Auf einmal will ich nur noch alleine sein.

»Danke«, sage ich.

Ich warte ungeduldig darauf, dass er endlich weggeht.

Behutsam berührt er meine Hand. Eilig ziehe ich sie zurück.

»Du bist bestimmt total müde. Schlaf schön, Penny.«

Die Tür fällt hinter ihm leise ins Schloss.

Von meinem Bett aus kann ich durch ein schräges Fenster geradewegs in den Himmel blicken.

Es steht kein Stern am Himmel und die Wega kann man in dieser Himmelsrichtung überhaupt nicht sehen.

Ich kuschle mich so eng wie möglich an Shiva und falle in einen traumlosen Schlaf.

22

Draußen schüttet es wie aus Eimern.

Mein allererster Gedanke nach dem Aufwachen gilt Aylin und Mariusz in ihrer Gondel. Die Armen sind vermutlich klatschnass.

Den zweiten Gedanken verbiete ich mir.

Ach und überhaupt. Bestimmt ist Niko schon längst auf dem Weg an die Côte d'Azur.

»Ich habe zwölf Stunden geschlafen und bin topfit!«, befehle ich meinem Spiegelbild beim Zähneputzen. Ich kippe mir eiskaltes Wasser ins Gesicht, das hilft normalerweise immer, und bändige meine störrischen Haare zu einem strengen Zopf.

Perfekt! Mein neues Outfit gefällt mir. Es passt exakt zu meinem neuen Leben. Ich bin plötzlich ganz gespannt, welchen Job Tom für mich parat hat. Wenn es sein muss, schufte ich rund um die Uhr. –

»Das mit der Laube geht klar«, eröffnet mir Tom, als ich mich zu ihm an den Frühstückstisch setze. Er hat noch ganz feuchte Haare, weil er mit dem Fahrrad frische Brötchen geholt hat.

Ich beiße appetitlos in ein Körnerbrötchen.

»Aber dein Job ist buchstäblich ins Wasser gefallen.«

Er deutet ins Freie. »Rasensprengen und Unkrautzupfen in der Kolonie, sechs Euro fünfzig die Stunde. Aber Opa meint, das Wetter schlägt spätestens nächste Woche wieder um. Und dann ist auch bald Obsternte. Bis dahin machen wir es uns hier gemütlich«, tröstet er mich. »Kannst du Dame spielen?« –

Es klingelt an der Tür.

Wie ich es geahnt hatte.

Aylin und Mariusz sehen so Mitleid erregend aus wie zwei gebadete Mäuse. Shiva springt rasend vor Freude um sie herum.

Die beiden bringen aufregende Neuigkeiten.

In der Nacht haben Polizisten das Spreeparkgelände nach Obdachlosen durchforstet. Wahrscheinlich hat irgendjemand aus der Nachbarschaft Anzeige erstattet. Zum Glück kamen sie nicht auf die Idee, auf das Riesenrad zu steigen.

»So lebensmüde sind die nicht«, unterstreicht Aylin. »Wir konnten heute Morgen ja selbst kaum hinunterklettern, weil das Gestänge so nass war. Ach, apropos Stern-Event, Penny – es war die ganze Nacht stockduster.«

Sie stürzt sich gierig auf das leckere Frühstück.

»Hast du noch mehr Kakao?«, fragt sie Tom und niest mindestens eine Minute lang ohne Unterbrechung.

»Ihr könnt natürlich ein paar Tage hier bleiben, bis ihr was Neues findet«, bietet Tom an. »Aber dann kommen meine Eltern zurück. Und in Opas Gartenlaube ist nur Platz für Penny.«

Da ich ohnehin keinen Hunger habe, kümmere ich mich um den Kakao und setze neue Milch auf die Herdplatte.

»Danke! Aber ich gehe mit Mariusz zusammen nach Polen«, verkündet Aylin mit lauter Stimme.

»Was??« Erschreckt kippe ich die Milchtüte um. »Nach Polen? Warum das denn?« –

»Weil wir nicht in Berlin bleiben wollen«, sagt Aylin. »Ist doch logisch. Und wenn ich volljährig bin, heiraten wir. Katholisch!« –

»Aber ausgerechnet Polen? Dort ist doch absolut tote Hose und Arbeit gibt es auch nicht, sonst wäre Mariusz nicht hier in Berlin. Und wieso willst du überhaupt plötzlich heiraten? Gerade du fandest Heiraten immer total spießig. Überleg es dir gut!«, widerspreche ich.

Aylin runzelt unwillig die Stirn. »Das hast du ganz falsch verstanden. Ich wollte auf keinen Fall meinen Vetter heiraten! Aber ich habe nicht gesagt, dass ich *nie* heiraten will. Außerdem will ich wieder eine richtige Familie haben. Jetzt, wo mich meine eigenen Eltern verstoßen haben«, sagt sie fanatisch. »Du brauchst mir das gar nicht zu vermiesen.« Ihr schießen jäh die Tränen in die Augen.

Mariusz bedenkt mich mit einem vorwurfsvollen Blick und legt seinen Arm beschützend um Aylins Schultern.

»Und wann?«, frage ich mit belegter Stimme.

»Heute Nacht.« –

Ich bin völlig erschlagen.

»Heute Nacht?«, wiederhole ich ungläubig. »Wieso denn schon heute Nacht? Könnt ihr nicht in ein paar Tagen fahren oder nächste Woche? Es hört bestimmt wieder auf zu regnen.«

Tom springt herbei und reißt die Milch, die neben mir überkocht, vom Herd.

Er streichelt mir mitleidig über den Arm.

»Aylin hat keinen Pass«, erklärt Mariusz. »Schlepper bringen sie über die Grenze und ich erwarte sie an einem bestimmten Treffpunkt. Wo, erfahre ich selber erst kurz zuvor. Das ist zwar nicht ganz ungefährlich, aber die einzige Möglichkeit.« –

»Mariusz opfert sein ganzes Geigengeld für die Schlepper«, sagt Aylin stolz. »Aber wir werden beide so lange arbeiten gehen, bis sein Papa die Geige doch noch zurückbekommt.«

Mariusz küsst Aylin zärtlich auf die Wange.

Ich beobachte die beiden staunend.

Aylin ist meine beste Freundin seit dem Kindergarten. Sie weiß alles über mich. Wir haben fast unser ganzes Leben miteinander verbracht. Sie plötzlich zu verlieren ist mir unerträglich.

Aber noch viel schlimmer finde ich in diesem Augenblick, dass sie, ohne dass ich es bemerkt habe, erwachsen geworden ist.

Schweigend trinken wir die Kanne angebrannten Kakao und frühstücken zu Ende.

Draußen hat es endlich aufgehört zu regnen. Aber am Himmel treiben immer noch die schweren Gewitterwolken.

»Niko ist übrigens komplett durch den Wind«, eröffnet mir Mariusz, als Aylin gerade unter der Dusche steht. »Er packt noch seine Sachen und fährt morgen ganz früh los. Vielleicht kannst du ihm ja noch Tschüss sagen …« –

Mein Puls macht sich selbstständig.

Nichts mehr spüren.

Das Nichts spüren.

Es ist still.

Nur das Wasser aus der Dachrinne tröpfelt monoton in die Regentonne.

»Wieso sollte ich?«, sage ich schließlich leichthin.

Ich höre Tom neben mir befreit durchatmen.

Der Abschied von Aylin fällt mir wahnsinnig schwer.

Ich versuche nach erprobter Methode cool zu bleiben. Aber schließlich schluchzen wir beide doch wie früher um die Wette. Mariusz' Shirt wird wieder einmal zum Auswringen nass. Das ist mir so vertraut, dass es mich beinahe tröstet.

Hand in Hand schlendern Aylin und ich bis zur Bushaltestelle.

»Es wird schon alles gut gehen«, beruhige ich mich selber.

»Ruf mich sofort an!« Ich streichle über ihre weiche Wange und küsse sie zärtlich auf den Mund.

»Wenn Niko mich nach deiner Nummer fragt, soll ich sie ihm dann geben?«, fragt Aylin schon im Einsteigen.

»Unterstehe dich!« –

Der Bus fährt los.

Ich winke immer weiter, auch als er schon längst um

die Ecke gebogen ist und nichts mehr zu sehen ist als seine Reifenspur auf der nassen Straße.

23

»Jetzt bin wohl nur noch ich übrig«, empfängt mich Tom an der offenen Tür.

Täusche ich mich oder sagt er es beinahe vergnügt. Sogleich beginnt er aufzuzählen, womit wir uns den regnerischen Tag vertreiben könnten.

Plötzlich habe ich überhaupt keine Lust auf seine Gesellschaft; viel lieber würde ich endlich mal wieder alleine sein. Oder mit Shiva um den Schlachtensee joggen wie zu Sommeranfang. Die wühlt sich gerade selbstvergessen durch die Vorgartenastern, auf der Jagd nach Spitzmäusen und Kaninchen.

»Vielleicht brauchst du einfach ein Entspannungsbad. Da steht noch Rose und Lavendelblüte von meiner Mutter im Schrank herum.«

Ein Bad, das wäre jetzt gar nicht schlecht.

So entertainmäßig wie Tom gerade vor mir herumhampelt, könnte er auch Vertreter für Badesalz sein oder Verkäufer von Last-Minute-Reisen an den Südpol. Oder eben der verwöhnte, etwas gelangweilte Sohn eines reichen Schiffsmaklers, der mit einer Ausreißerin die Zeit totschlägt.

Tom allein zu Haus.

»Baden ist gut«, sage ich schließlich.

»American Beauty« würde vor Neid erblassen.

Von wegen Badesalz. Die Gattin eines Schiffsmaklers badet natürlich in *echten* Blüten. Im Badezimmer duftet es wie im Botanischen Garten. Und damit ich auch wirklich relaxe, hat Tom ganz viele Teelichter um den Wannenrand herum aufgebaut.

Ich wage kaum in das Wasser zu steigen, um die Blütenpracht nicht zu zerstören. Als ich dann endlich in der Wanne sitze, ist es wunderbar. Ich schließe die Augen und lasse mich auf den Rosenblättern davontragen.

Ich träume:

Ich bin Dornröschen und die zwölf Feen legen mir ihre Zaubergaben in die Wiege. Die dreizehnte Fee hat rote Haare und ist gepierct, sie kann mich nicht leiden und wünscht mir den Tod. In den ersten Jahren sind meine Eltern auf der Hut, aber als ich größer werde, streiten sie sich ständig und mein Vater lässt sich scheiden. Meine Mutter befiehlt mir spinnen zu lernen, und als ich Nein sage, sperrt sie mich einfach in den Turm. Ich werfe die Spindel in den Brunnen und warte ab. Nichts passiert. Endlich erscheinen gleich zwei Prinzen. Ich küsse rasch beide, aber da verwandelt sich der eine in eine glitschige Kröte. Er packt mich eilig und schleppt mich in sein Reich auf den modrigen Grund des Schlossbrunnens; dort steche ich mich an der Spindel und ertrinke jämmerlich.

Das Rosenblütenwasser in meiner Kehle katapultiert mich hustend und spuckend in die reale Welt zurück. Anscheinend bin ich in der Badewanne eingeschlafen. Die Teelichter sind heruntergebrannt, das Wasser ist nur noch lauwarm.

Ich denke noch einen Moment lang über meinen eigenartigen Traum nach.

Fröstelnd springe ich aus der Wanne und rubble mich trocken.

Das Baden hat mich durstig gemacht.

Auf einem Bügel hängt der *Kleine-Prinz*-Bademantel. Ich ziehe ihn ohne Zögern an und laufe barfuß ins Treppenhaus. Gerade klingelt unten im Flur das Telefon und Tom geht an den Apparat.

Mir stockt das Herz.

»… Nein, Penny ist nicht da … Sie will dich sowieso niemals wieder sehen … Und außerdem ist sie jetzt *meine* Freundin.«

Im Auflegen sieht Tom mich auf der obersten Treppenstufe stehen. Ich blicke fassungslos in sein schuldbewusstes Gesicht.

»Wie kannst du dir anmaßen, so über mein Leben zu bestimmen? Du bist ja total bekloppt!«

Ich renne ins Gästezimmer und springe hastig in frische Klamotten.

Der Mofaschlüssel steckt zum Glück immer noch in meiner Jacke.

Tom stellt sich mir in den Weg. »Bitte bleib hier, Penny!«

Ich schubse ihn achtlos zur Seite und steige in meine Turnschuhe. »Mit wem ich zusammen bin, entscheide ich ganz alleine!«, brülle ich und trete durch.

Shiva springt erfreut hinten in den Anhänger.

Hundert Meter vor dem Spreepark ist der Sprit alle.

Im Dauerlauf sprinte ich quer über den Rummelplatz.

Als ich endlich vor dem Riesenrad stehe, bin ich völlig aus der Puste.

Das Erste, was vor meinen Füßen landet, ist der kirgisische Teppich. Er ist komplett durchweicht.

Ich schaue nach oben und sehe, wie Niko halsbrecherisch auf seiner nassen Gondel herumklettert.

Im gleichen Moment sieht er mich auch.

»Geh wieder nach Hause zu deinem Freak, Penny!«, ruft er mir zu.

Irgendwie scheint das ein Virus zu sein. Warum bilden sich alle Typen plötzlich ein, dass sie bestimmen können, was ich tun und lassen soll?

»Ich will aber mit dir reden!«, rufe ich zurück.

Statt einer Antwort fliegen seine Jeans und zwei Pullover auf das nasse Gras.

Ich sammle die Sachen auf und staple sie ordentlich auf dem Teppich.

»Penny, bleib stehen!« –

Ich traue meinen Augen nicht.

Da hinten auf der Wiese taucht Tom auf. Er schlenkert mit seinen Armen wie ein Fluglotse.

Jetzt hilft nur die Flucht nach vorne.

Ich umfasse die unterste Stange und schiebe mich auf die erste Gondel. Ihre Oberfläche ist total glitschig vom Regen. Auf meiner Jeans zeichnet sich nasser Rost ab.

Ist das eklig.

Ich balanciere vorsichtig hinüber auf die zweite Gondel.

»Was soll das?« Niko blickt ungehalten zu mir herunter.

»Ich muss mit dir reden«, wiederhole ich.

»Keine Zeit. Ich packe. Siehst du doch. Steig sofort runter, das ist viel zu gefährlich.« Er verschwindet im Inneren der Gondel.

Klar hat Niko Recht. Was ich hier grade mache, ist saumäßig gefährlich. Vor allem mit meinen glatten Sohlen. Ob ich besser barfuß weiterklettere? Ich schaue zweifelnd nach oben und ziehe meine Turnschuhe aus. Sie finden auf der Gondel keinen Halt und purzeln in die Tiefe.

Ich höre Tom aufschreien. Er steht jetzt direkt unter dem Riesenrad. Mein Schuh hat ihn an der Schulter getroffen.

»Komm zurück, Penny! Sonst hole ich die Feuerwehr!«

Jetzt erst recht.

Die dritte Gondel erreiche ich ohne Schwierigkeiten.

Allmählich macht mir das Klettern richtig Spaß. Entspannt wage ich mich an die Stürmung der vierten Gondel. Das könnte Reinhold Messner auch nicht besser.

Ein heller Blitz zerreißt die dicke Wolkendecke.

Ich zucke erschreckt zusammen und rutsche mit dem linken Fuß ab. Krampfhaft halte ich mich fest. Mein Fuß verfängt sich in einem rostigen Drahtgeflecht. Sofort setzt der pochende Schmerz am Knöchel wieder ein. Aber viel schlimmer ist: Ich kriege den Fuß einfach nicht mehr heraus.

»Penny!«

Niko und Tom rufen gleichzeitig meinen Namen.

Und während Niko vorsichtig zu mir herunterklettert, schwingt Tom sich ungelenk auf das Dach der ersten Gondel.

Hektisch fuhrwerke ich mit dem Fuß in dem Draht herum. Schließlich löse ich mit klopfendem Herzen meine rechte Hand vom Gestänge und probiere den Draht mit meinen Fingern loszufummeln.

»Halt dich mit beiden Händen fest und beweg dich nicht, Penny«, ruft Niko befehlend. »Und spiel jetzt auf keinen Fall die Heldin!«

»Lass Penny in Ruhe, du hast ihr nichts zu befehlen.«

»Halt die Klappe, sonst schlage ich deine Knochen zu Brei.«

»Russenproll …«

»Bonzenbaby …«

Ich fasse es nicht.

Ich sitze wie ein Hase in der Falle.

Wer mich befreit, bekommt die Beute.

Ich lasse das Gestänge ganz los und gehe in die Hocke.

Im Zeitlupentempo gelingt es mir, meinen Fuß aus dem Drahtgeflecht zu befreien.

Als ich mich so vorsichtig wie möglich wieder aufrichte, strecken sich mir zwei Hände hilfreich entgegen.

»Nimm meine Hand, Penny …«

»Nein, *meine* …«

In diesem Augenblick verliere ich das Gleichgewicht.

Ich breite meine Arme aus und fliege.

Quer durch die Galaxis bis hin zu meinem Lieblingsstern.

Dort lande ich auf seiner nebeligen Oberfläche und kehre niemals wieder zur Erde zurück.

24

Ich habe einfach Glück gehabt.

Bis auf ein angeknackstes Schlüsselbein, einen gebrochenen Arm und die paar Rippen ist alles an mir heil geblieben.

Gehirnerschütterung und so weiter. Ist ja klar.

Jede Menge Schürfwunden. Und eine dicke Narbe im Gesicht. Kann man später lasern, sagt der Arzt.

Eine ganze Woche war ich komplett ohne Bewusstsein. Mir selber kommt es allerdings gar nicht so lange vor.

Heute Früh habe ich mit meiner Gipshand einen ungelenken Brief an meine Klassenlehrerin, Frau Merz, geschrieben.

Endlich! Ich hoffe ehrlich, sie verzeiht mir. –

Was passierte, nachdem ich vom Riesenrad gestürzt bin? Das habe ich haarklein von Aylin erfahren.

Sie ist mit Mariusz nämlich nicht nach Polen abgehauen. Jippieh! Stattdessen hat sie mit ihren Eltern Klartext geredet und alle haben sich tränenreich versöhnt. Mariusz war sogar schon einmal bei den Konuks zum Abendessen. Frau Konuk findet, er spielt wirklich gut Fagott.

Ich habe es ja immer schon gewusst. Aylin ist das raffinierteste Mädchen, das ich kenne.

Und das mutigste!

Sie kümmert sich im Augenblick um Shiva.

Also: Ein Krankenwagen brachte mich mit Blaulicht in die Charité.

Niko musste inzwischen ziemlich unangenehme Fragen der Kripo über sich ergehen lassen, während Tom sich aus allem herausquatschte.

Trotzdem kam er nicht ungeschoren davon.

Zu Hause erwarteten ihn seine vorzeitig zurückgekehrten Eltern. Die hatten sich aus den Rosenblüten und meinen verstreuten Klamotten schon ihren eigenen Reim gemacht und heizten ihrem reumütigen Sohn mächtig ein.

Wie ich bereits sagte.

Manche Eltern behandeln ihre Kinder wie im Mittelalter.

Man darf sich aber auch einfach nicht alles gefallen lassen. Leider ist Tom genau der Typ dafür. Wahrscheinlich hat sich der Loser deshalb ohne Abschied verpisst.

Am nächsten Tag gelang es Niko, Shiva auf mein Zimmer zu schmuggeln! Er war sicher, dann würde ich mein Bewusstsein wiedererlangen. Erst als Shiva ihre Schnauze ausgerechnet unter der Bettdecke hervorstreckte, während die Schwester meinen Puls fühlte, flog die Sache auf und die beiden in hohem Bogen aus der Charité.

Seitdem ist Niko wie vom Erdboden verschluckt. –

Als ich endlich aufwachte, saß Mama an meinem Bett.

Ihre Augen sahen ganz verheult aus. Sie küsste mich auf die Nasenspitze und sagte: »Spätzelchen. Da haben wir ja beide ganz schön Mist gebaut.«

Seit langer Zeit habe ich mich mal wieder ehrlich gefreut sie zu sehen. Komischerweise war sie überhaupt nicht sauer auf mich.

Auf einmal hatte ich null Probleme, ihr zu erklären, was mit mir los war in den letzten Wochen, wie lieb ich Shiva habe und dass ich Papa schrecklich vermisse. Ich habe sogar darüber sprechen können, warum ich nicht mehr zur Schule gehen will.

Mama hörte mir ganz ruhig zu.

Diesmal hatte sie nicht von vornherein eine super Lösung für mich parat. Stattdessen sagte sie nur: »Mach dir mal keinen Kopf. Uns wird schon was einfallen.« –

Dann musste sie los. Sie ist seit diesem Semester als Gasthörerin für Italienisch eingeschrieben und hat wegen mir bereits die Einführungswoche verpasst.

Heute darf ich zum ersten Mal alleine an die frische Luft.

Die Sonne schickt ihre Sonnenstrahlen bereits am Morgen durch das offene Fenster in mein Zimmer und ich fühle mich fit und voller Tatendrang.

Kraftvoll drücke ich mit meiner gesunden Hand die Türklinke nach unten.

»Hallo, Penny.« –

Meine Knie werden weich wie Butter.

Niko drängt mich behutsam zurück in mein Zimmer und schließt nervös hinter sich die Tür.

»Ich hoffe nicht, dass die Stationsschwester mich wiedererkannt hat, aber sicher ist sicher. Aylin hat gemeint, dass es dir schon viel besser gehst, aber irgendwie bist du schrecklich blass und total dünn geworden.«

Er zieht hektisch einen Stuhl herbei und schiebt ihn mir voller Aktivismus unter.

»Kriegst du etwa nicht genug zu essen hier?« Eilig läuft er hinüber zum Fenster. »Und dann dieser Durchzug!« Er schlägt die Flügel mit einem Knall zu. »Unverantwortlich!« Ärgerlich schwingt er sich auf das schmale Fensterbrett und trommelt rhythmisch gegen die Scheibe.

»Aber sonst geht's dir gut, oder was?«, kichere ich hysterisch und kicke den Stuhl zur Seite.

»Wieso, wie meinst du das?«, fragt er aus dem Takt gebracht und schaut mich zum ersten Mal heute direkt an.

Wir betrachten uns einen Moment lang abschätzend.

»Wie ich das meine?«

Ich bewege mich in Zeitlupentempo auf ihn zu, bis ich ganz nahe vor ihm stehe.

»Geht es dir gut?«, wiederhole ich leise und berühre flüchtig sein Gesicht.

Ich entdecke plötzlich einen warmen Schimmer in seinen Augen und dass die Sonne sich in seiner Iris spiegelt wie ein besonders schöner Tag.

Ich küsse ihn ewig lange.

Wir kurven kreuz und quer durch die Galaxis bis hin zu meinem Lieblingsstern. Mit Niko an der Hand durchquere ich die schützende Nebelwand der Wega und kehre für immer auf die Erde zurück.

25

Ich bin spät dran.

Klettere über herumhockende Rucksacktouristen, zwänge mich durch eine Gruppe schwatzender Kegelfrauen und lege mich mit einem Flyer verteilenden Punk an.

Die Gleisänderung habe ich in dem ganzen Trubel natürlich nicht mitgekriegt.

Ich hetze weiter.

Gerade als der Zug in den Bahnhof einfährt, erreiche ich den richtigen Bahnsteig.

Niko schaut sich bereits ungeduldig nach mir um.

Ich stürze auf ihn zu und vergrabe meinen Kopf atemlos in seiner Jacke. Ich muss komplett bescheuert sein diesen süßen Jungen ziehen zu lassen. Im Grunde habe ich ihn selber dazu gedrängt. Der Job in Frankreich hört sich nämlich ziemlich gut an und läuft erst einmal nur für ein Jahr.

Niko presst mich an sich und küsst mich auf mein Ohrläppchen. Das geht mir durch und durch.

Jetzt bloß nicht losheulen, beschwöre ich mich selber. Tapfer mache ich mich los und drücke ihm ein gelbes Reclamheftchen in die Hand.

»Hier. Die Odyssee. Damit du unterwegs auch was zu lesen hast. Die Frau darin heißt ganz genau wie ich: Penelope. Der Stoff ist ziemlich schräg, aber gar nicht übel. Also, wundere dich nicht.«

Niko lacht. »Penelope? Klingt ja süß. Ich schreib dir, ob es mir gefallen hat.«

Die ersten Türen schlagen zu.

»Vergiss mich bloß nicht.« Zärtlich berühren wir uns ein allerletztes Mal. »Wir sehen uns, wenn wir uns sehen.«

Momente später ist Niko aus meinem Blick verschwunden.

Ich weine nicht.

Ich glaube schließlich fest an unser Wiedersehen.

Als ich ins Auto steige, falle ich aus allen Wolken.

Shiva futtert mit meiner Mutter eine Bockwurst extragroß. Sofort wird mir von dem Geruch speiübel.

»Na ja«, sagt Mama übermütig. »Wir zwei mussten uns ja irgendwie die Zeit vertreiben.«

Sehe ich ein.

Der ganze Kofferraum ist voll gepackt mit meinen Sachen.

Ab heute wohne ich nämlich nicht mehr zu Hause. Am selben Tag, als ich aus der Charité entlassen wurde, rief zufällig Frau Merz an. Sie hat Mama in Kontakt mit der Jugend-WG gebracht. Die Kids dort besuchen sogar alle dieselbe Schule.

Ich habe mir die Idee gründlich durch den Kopf gehen lassen.

Mithilfe vom Jugendamt ging plötzlich alles ganz fix. Und Haustiere sind gar kein Problem.

Der Einzige, der auf beleidigt machte, war ausgerechnet Walter. Angeblich weil Mama ihn nicht um seinen Rat gefragt hat. Manchmal tut Mama mir schon direkt Leid.

Überall in unserer Wohnung stolpert man über Walters Kisten und Mama kommt seit Wochen nicht zur Ruhe. Sein Schnupfen hat sich nicht gebessert, obwohl Mama alle Hundehaare gründlich weggesaugt hat.

Ich glaube allmählich, Walter ist gegen sich selbst allergisch. Aber das behalte ich lieber für mich.

In meiner Brieftasche steckt Papas Telefonnummer. Vielleicht rufe ich ihn demnächst einfach mal an.

Und plötzlich ist es so weit.

Mama findet keinen gescheiten Parkplatz. Ich steige mit Shiva schon vorher aus und öffne das schwere schmiedeeiserne Tor.

Zügig überquere ich den begrünten Hof.

Aus den offenen Fenstern klingt fetzige Musik, Töpfe klappern und ich höre ein Baby schreien.

Eine Kastanie fällt mir direkt vor die Füße. Ich bücke mich und behalte sie in meiner feuchten Hand.

Mein Herz klopft bis zum Hals.

Ein schneller Atemzug.

Ich klingle.

... Und was haltet ihr von der Liebe?
Schaut doch auf meiner Homepage www.usch-luhn.de *vorbei und schreibt mir eure Meinung. Erzählt mir, was ihr täglich Tolles, Bescheuertes, Prickelndes erlebt. Ich würde mich sehr darüber freuen und beantworte jede Mail HUNDERTprozentig!*